本好きオメガの転生婚

～運命のつがいは推しの王子さまでした～

CROSS NOVELS

秀 香穂里

NOVEL: Kaori Shu

森永あぐり

ILLUST: Aguri Morinaga

CROSS NOVELS

contents

CROSS NOVELS

本好きオメガの転生婚

～運命のつがいは推しの王子さまでした～

この地には、遙か昔から次のような言い伝えがある。

——長い夜が終わりを告げ、東の空に輝く明けの明星をあがめれば、そこから一筋垂れ落ちるしずくがひとの命を救うだろう。

しかし明けの明星を肩越しに振り返り、そのしずくを受け取れば、金のしずくはまごうことなきひとの命を裏切るだろう——

1

ふらふらと身体が左右に揺れるのは、なにも酒に酔っているわけじゃなかった。いま、一滴でもアルコールを摂取すれば、たちまち酔い潰《つぶ》れていたはずだ。

水澄奏歌《みすみかなた》がふらついていたのは、深夜のことだった。ついさっきまで仕事に追われ、なんとか終電に間に合うようにオフィスを出てきた。空腹だったが、零時近いオフィス街は静まり返り、飲食店はどこもシャッターを下ろしている。

結局、今夜もいつものコンビニ弁当になりそうだ。レンジで温めるだけの弁当にもいい加減飽き飽きしている。自炊は好きなほうだが、毎日夜遅くまで働かなければいけないブラック企業に勤めている以上、コンビニ弁当をかき込んで、ぼんやりシャワーを浴び、ベッドに倒れ込むのが当たり前になっていた。

今夜の弁当はどれにしよう。昨日は生姜焼《しょうがや》き弁当だったから、今日はハンバーグ弁当にしようか。栄養が偏《かたよ》っているから、サラダと野菜ジュースも必要だ。

ぼうっとしながら最寄り駅に向かう。足を止めたらいまにも眠り込んでしまいそうだ。二十二歳の若さでこの疲れ方はどうなのだろう。一日も早くあの会社を辞めたいが、オメガである自分を雇ってくれる会社がそう簡単に見つかるとは思えない。

この世には、男性と女性とはべつに第二性があり、アルファ、ベータ、オメガとそれぞれ名付けられていた。

アルファは神々に愛された種で、男女ともにずば抜けて美しい容姿と天賦《てんぷ》の才に恵まれ、どの分野においても頂点に立つ存在だ。政財界、芸能界、スポーツ界で華々しい活躍を見せるのはほとんどがアルファだし、大企業を率いるのもアルファだ。彼らはもともとの数がすくないので、独自のコミュニティを築き、優秀な血を後世に繋《つな》ごうと尽力していた。

ベータは平均的な才能と見た目を持ち、その温厚な性質を生かして社会の潤滑油となっている。三つある第二性の中でいちばん数が多いのはベータだ。たいていのひとはベータと診断され、どのひとも平凡ながら幸福に満ちた日々を送る。争いを好まない性格のベータがこの社会に平和をもたらしているといっても過言ではない。

そして、オメガ。この種が際立つのは、男女ともに子宮があり、子どもをなすことができるためだ。陰りのある美貌《びぼう》を持ち、独特の妖艶《ようえん》さでひとびとを惑わす。オメガが意図的に他人を誘っているのではない。三か月ごとに訪れる発情期《ヒート》によって甘く香るフェロモンを放つオメガには、どんな高潔な思想を掲げるアルファでも屈する。濃厚な交わりを瞬時のうちに想像させるフェロモンは、ベータにとってはなんの脅威にもならない。しかし、アルファは蠱惑的《こわくてき》なフェロモンを感じ取った瞬間、紳士であるおのれを忘れ、オメガと身体を重ねることしか考えられなくなる。そのうえ、アルファと交わったオメガは、アルファの子を宿す確率が高い。

そういったこともあって、昔からオメガはあらゆる犯罪や事件に巻き込まれてきた。アルファの慰《なぐさ》み者に成り果てたり、好色者のために海の向こうへと売り飛ばされたり。オメガにはつねに性的な匂いがまとわりついたため、本人たちになんの咎《とが》がなくても色眼鏡《いろめがね》で見られ、疎んじられることもしょっちゅうだった。

ただ、そこにいるだけでアルファの欲望をかき乱すのだ。真面目くさった政治家も、爽《さわ》やかなイメージを売りにしている芸能人も、発情期のオメガを目にしたらまともじゃいられなくなる。

アルファの人生を狂わせる存在として遠巻きにされる反面、愛欲の対象として好奇の視線を一手に引き受けるオメガだが、奏歌がこの世に生を受けるだいぶ前に、良識のある一部のアルファとベータが手を組み、オメガ保護団体を起《た》ち上げた。

発達した医療でもいまだ解明されていないオメガの神秘について研究を重ねたいという声もあった。また、性犯罪に巻き込まれ、社会の陰に埋もれてしまうオメガを助けたいという声もあった。そういったひとたちの力添えもあり、オメガが発するフェロモンをコントロールする抑制剤も開発された。昔は微弱なパルスが流れる首輪でフェロモンを抑え込んでいたらしい。どのオメガも首輪をはめていた時代では動物扱いされ、いわれのない非難と欲望が交じる揶揄《やゆ》を飛ばされていたらしい。

しかし、時代はオメガを守るために動き、いまでは気軽に病院で診察を受け、副作用のすくない抑制剤をもらえるようになった。

奏歌もそうだ。

この国では男女ともに十歳になると皆、血液検査を受ける。第二性があきらかになるのは、思春期を迎える頃がもっとも多い。アルファの家系に生まれた者でも、オメガの両親の間で生まれた者もひとしく血液検査を受ける。

ここで、オメガだと判明した者は一時的に専用の施設に入り、特殊な身体の仕組みについて学ぶことになっている。

男性でも女性でも、オメガは三か月ごとに発情期に見舞われる。その際、アルファを誘惑するフェロモンを放つので、自分の発情期の周期や抑制剤の使用方法を施設職員とともに身に付けていくのだ。

アルファやベータと判明する子は、比較的両親がそろう家庭に生まれ育つことが多い。しかし、オメガはなかなか複雑だ。男性も女性も子をなすことができるためか、なにかとトラブルが起きやすく、シングルマザーやシングルファーザーのもとで育つ子どもがすくなくなかった。

奏歌もシングルマザーが育てきれず、幼い頃に児童施設に預けられた。母の面影は曖昧《あいまい》だが、けっして疎んじられていたわけではなかったように思う。身体が弱い母は親も親族もおらず、女手ひとつで奏歌を育てることができなかったらしい。

ぼんやりとした記憶の隅にあるのは、涙交じりに『元気でね、奏歌、元気でね』と囁《ささや》きながらやさしく頭を撫《な》でてくれた母の手だ。

施設の職員は皆温かく、奏歌が高校を卒業するまで見守ってくれた。大学へは奨学金制度を使って入学し、いずれもっと大きな世界を見てみたいという願いから、就職先は大手旅行会社に決めた。

そこが、とんでもないブラック企業だとわかったのは入社式を無事終え、翌日、期待に胸をふくらませて会社に出勤し、どの部署に所属するか先輩社員がひとりひとり名を呼ぶ席上でのことだった。入社式では笑顔を振りまいていた社員に横柄な声で名前を呼ばれ、奏歌たち新入社員は戦々恐々としていた。その予感はいやなほうに的中し、すぐさま奏歌もこき使われるようになった。

研修期間もなく連日残業を命じられ、奏歌たちは終電ぎりぎりまで仕事をこなした。大企業なのだが、この年奏歌をはじめとした新入社員はたったの四人で、フル回転する会社にはマンパワーがまったく間に合っていなかった。そうした鬱憤《うっぷん》を晴らすかのように先輩社員は奏歌たちを顎《あご》で使い、私用も平気で頼んできた。

入社してたった三か月なのに、奏歌は疲れきっていた。

夏の夜、オフィス街でふらふらしてしまう自分が情けない。頑張って大学まで出たのに、肝心な就職で完全につまずいてしまった。

辞めたい。

だけど、こんなに早く辞めたら次の仕事が見つかるかどうか。飽きっぽい性格と判断されないだろうか。

施設に帰って親しいスタッフに相談したいとも思うが、彼らだって忙しい身の上だ。新しい子がどんどん入ってくる環境で、とうに独り立ちした奏歌がいまさら甘えられる状況でもない。

頼れるひとがどこにもいなくて、夜の隙間《すきま》へと落ちてしまいそうだった。

――恋人がいてくれたらな。

すべてを話して、支え合って生きていける存在がずっとほしかった。だが、オメガということもあって幼い頃から奏歌は内向的で、恋愛経験は一度もない。施設で暮らしていたとき仲がよかった子はいたものの、互いに独立したいま、交流は皆無だ。

すぐに仕事を辞めるのではなくても、誰かと会ってあれこれ話し、ちょっと気晴らしでもしてゆっくり眠れば、また明日すっきりとした目覚めを迎えられるかもしれない。

――でも、いまは。いまは無理だ。

先輩社員の虫の居所が悪く、散々八つ当たりされた今日はいつも以上に疲れきっていて、最寄り駅の階段を下りる足元もふらついていた。

早く帰って、エアコンを強く効《き》かせた部屋でベッドにもぐり込みたい。風呂も食事も起きてからでいい。とにかくいまは眠りたい。夢も見ないくらいに。

いや、違う。寝る前に読み進めたい小説がある。

すこし前に買ったファンタジー小説の最終巻に奏歌は夢中になっていた。毎日つらい通勤中や眠る前に分厚い本のページをめくるのがここ最近の楽しみだった。

海外作家が書いた小説はところどころ難解だったが、中世のヨーロッパに似た場所で王や王子、王女たちが活躍する世界は広く、豊かで、読み進めるごとに自分自身も物語の住人のひとりになっていく気がした。

主人公であるおてんばな十歳のニイナ姫は、豊かなアルストリア国の王女として生まれ、両親とふたりの兄から愛されてすくすくと育つ。人形のように可愛らしい容姿だが、城に閉じこもっておとなしくしているのは性に合わず、毎日、馬を駆って森や草原へと繰り出す元気な姫だ。しかし、ニイナの母である王妃がとある陰謀を企てたことから彼女を取り巻く空気が一変し――というさまざまな波乱に満ちた物語だ。

ニイナは、誰からも愛される存在だ。

そこがたまらなく羨《うらや》ましかった。『特別』という存在になりたいとぼんやり夢想することがしょっちゅうあった。子どもっぽい考えなのは百も承知だ。

この世界にとって——いや、たったひとりの相手でもいい、とびきり特別な存在になれたらどんなにいいだろう。

ほかの誰とも替えが利《き》かない、特別。

いつか、もし、恋人ができたら、そのひとにとっての特別になれるだろうか。なりたい。自分もそのひとを特別の存在として、こころから愛したい。

奏歌は、愛されること、そして愛することを渇望していた。

母に捨てられてからずっと、誰かひとりをこころから愛したいと願ってきた。愛されることも大事だが、一生に一度くらいは人生のすべてを捧げられるような恋がしたい。そう思えるほどのひとに出会いたい。

果てない夢ではあるが、いまのところまだ諦めていなかった。

物語は佳境を迎えており、ちょうど気になるところで止めている。

今夜、あの先を読みたい。なんだったら一気に最後まで読み終えたい。長い旅だったが、いい結末を迎えられそうだ。

瞼《まぶた》を擦《こす》り、こみ上げるあくびを嚙み殺そうとしたときだった。

ぐにゃりと足首がぐらつき、慌《あわ》てて手すりを摑んだときにはもう遅い。

「——ッう、わっ！」

階段を踏み外した奏歌はぎゅっと瞼を閉じ、前のめりに転げ落ちていく。

鞄《かばん》が手から離れ、靴《くつ》の爪先が階段に擦れる。夜も遅いせいか、周りにひとがおらず、誰も助けの手を伸ばしてくれなかった。

数段踏み外しただけでどこかで止まるかと思っていたのに、運が悪かったようだ。落下スピードは加速する一方だ。

これで終わるのか。二十三歳の誕生日も間近だったのに、あっけなく人生の幕を下ろすのか。

悔しいか、ともしも神様に問われていたら、困った感じで頷《うなず》いていたと思う。

まだなにも成し遂げられていない。たった一度も恋をしていなかった。

誰かを想って身を焦がしてみたかった。狂おしいほど愛されてみたかった。誰かのとっておきになってみたかった。

そして、オメガに生まれたからには、愛するひとの子どもを産んでみたかった。

それもこれも、ぼんやりと階段を下りていたせいで、すべて叶わぬ夢だ。

身体中に痛みを覚えるよりも先に、意識が薄れていく。

助からないなと頭の片隅で思い、暗闇へと吸い込まれていった。

2

「――……っぁ……！」

がばっと跳ね起きたのと同時に、深く息を吸い込んだ。

身体中が痛むはずだ。駅の階段から勢いよく転げ落ちたのだから、骨を折っていてもおかしくない。

しかし、胸が激しく波打つだけで、どこも痛くなかった。そろそろと手足の指を動かしてみた。折れてもいないし、腫れてもいない。

「え……え？　ここ……どこ？」

自宅のぺたんこになった布団とは大違いのふかふかした寝台に寝かされていたことに気づいて、あたりを見回した。

階段から転げ落ちたあと、誰かが病院に運んでくれたのだろうか。それにしてはなんとも豪勢で、優美な病室だ。天井が高い部屋は美しい金と藍《あい》の調度品でまとめられ、まるで欧州の美術館みたいだ。

こんな豪華な病院では医療費が高くつくに違いない。不安になってきてナースコールを探したが、枕元《まくらもと》には小卓に載《の》った水差しと杯が置かれているだけだ。鈍い光を放つ水差しと杯は銅製のように見える。

「ずいぶん古めかしいんだな」

普段はめったに見ない代物だ。

喉《のど》がからからに渇《かわ》いていた。そっと手を伸ばして水差しを摑むと、ひんやりと冷たい。杯に水を注ぎ、ひと息に呷《あお》った。

「は……」

澄んだ水はとびきり美味しかった。ペットボトル入りの水でもこんなに美味しいものにはなかなか出会わない。

今度はゆっくり味わいたくて、再び注いだ。

杯を両手で摑みながら、もう一度あたりを見回す。奏歌が寝かされていたのは、天蓋《てんがい》付きの寝台だ。四隅に立つ白い柱と薄い紗《しゃ》が垂れ下がる豪華な寝台で半身を起こしていたが、次第にそわそわしてくる。

確か、自分は勤め先の最寄り駅にある階段から派手に転げ落ちたはずだ。なのに、どこにも傷は見当たらないし、身体のあちこちを確かめてみたが、あざひとつない。

頭でも打ったか。記憶が混乱しているのか。

けれど、手でさすっている頭も痛まなかったし、包帯が巻かれているわけでもない。

駅の階段は深いところにある地下連絡通路まで続き、うっかり転げ落ちたら大事故になる。毎日使っていた階段だが、たまに怖くなることがあった。

あんなところから落ちたのに、かすり傷もないというのはさすがにおかしい気がする。

身体中が問題なく動くことを確かめていると、向こうのほうで扉が開く気配がする。

「お目覚めですか?」

「は、はい」

聞き覚えのない声に背を正した。寝台の紗をまくり上げた男性に、思わず目を丸くした。

黒い立て襟《えり》のジャケットを身に着けているだけだったら、べつに驚きはしない。だが、男性は栗色の輝く髪をうしろで幅広のリボンで束ね、胸元は真っ白なレースで飾り付けていた。袖口《そでぐち》にもふんだんにレースがあしらわれており、奏歌が普段接しているスーツ姿の男性たちとはまるで違う。

「あの……」

――ここ、病院ですよね?

そう訊《き》こうとする前に、男性が笑顔を向けてくる。

「しばしお待ちいただけますか。あなたが目覚めるのをずっと待っていらっしゃった方がおいでです」

「あ……あっ、えっと……はい」

男性は微笑み、頭を下げて部屋を出ていった。またひとりになり、静かな室内で何度も深呼吸した。

なんだか、違う世界に来てしまったような錯覚に陥る。現実感がほしい。

ここが病院なのかそうじゃないのか、知りたい。

寝台から下りようとすると、思っていた以上に高さのあることがわかった。ただ床に寝台が置かれているのではなく、二段ほど高い位置に据えられているのだ。寝台そのものも立派で、大人の自分が縁に腰かけていても床に足がつかない。

とにかく室内を見て回ろうかと考えていると、すぐさままた扉が開く。先ほどの男性が戻ってきたのだと思ったら違う。

「起きたか」

低く艶のある声の持ち主に、大きく目を瞠《みは》った。

近づいてきたのは、華やかな美貌を持つ男だ。アッシュブロンドの髪や通った鼻筋、綺麗な形のくちびるも見事だが、なにより奏歌のこころを撃ち抜いたのは深い輝きを持つ宝石のような紫の瞳だ。

とびきりのアメジストみたいだ。けっして誇張しているのではない。

黙っていれば怖い印象がする端正な男は、惚《ほう》ける奏歌にふっと相好《そうごう》を崩す。研ぎ澄まれた男らしさに大人の色香が加わり、声もなく見入ってしまった。

ゆるく腰に手を当て、白皙《はくせき》の美貌で見下ろしてくる男はまるで大理石の彫像のようだ。

美しいのは顔だけではない。金糸銀糸で凝った刺繍が施された白の上衣は彼の鍛えた身体を引き立てるようにぴったりしている。肩章からは重そうなモールが数本垂れ下がり、見たこともない胸元の徽章《きしょう》へと続く。緋色《ひいろ》の徽章には、交差する長剣と双頭の鷲《わし》が施されていた。

高い位置にある腰は剣を佩《は》き、奏歌のいる場所からも素晴らしい細工がなされた鞘《さや》が見えた。

「え、剣？　……え？」

普通、ひとは剣を携えていないのだが。すくなくとも奏歌の世界では。

「大丈夫か」

「あ……」

視線を絡めた瞬間、心臓を鷲掴《わしづか》みにされるような衝動が襲ってくる。一瞬、彼が醸《かも》す気品に威圧されかけたが、次には甘い疼《うず》きが爪先から押し寄せてきた。

こんな目、見たことがない。

芯の強さと高い品格を持ち合わせた瞳にふさわしく、鍛え抜かれた肢体を誇っている。彼の前では貧弱な自分が恥ずかしく思えてきて、つい上目遣いになるが、それでも目が離せない。

初対面なのにじろじろ見回したら失礼だ。そう思うのに、優雅に流れる輝く髪や、肩の先で光る飾りのひとつひとつに目を奪われる。

彼のほうも、奏歌に見入っていた。すこしだけ驚いた様子で。

「……ずっと眠っていたからそんな瞳をしていたとはわからなかった」

男はかすかに呟《つぶや》き、腕を組む。

絡め合った視線から伝わる熱がこころを弾いて震わせる。自分でももどかしいくらいの飢えた感情がこみ上げてきて、ごくりと息を呑《の》んだ。

この熱には覚えがある。

だけど、なにもいまここで感じることもないだろうに。

油断すると熱に呑み込まれそうだから、ぐっと下くちびるを噛んだ。

これは間違いなく、欲情だ。

初めて出会った男と視線を絡めたことで、たまらないほどの情欲を煽《あお》られているのだ。

嘘だ、違う、と否定したかった。自分は、初対面の相手に不埒《ふらち》な想いを抱くような、はしたない者ではない。オメガと判定されてからは三か月ごとに一度、発情期に襲われた。他人と肌を触れ合わせたことがないのに快感のありかは知っている。無理に我慢するのはよくないと昔施設で教わったこともあり、発情期の間は抑制剤を服用して部屋に閉じこもり、どうにも抑えきれなかったときだけ、自分を慰めた。

そんな自分がどうにも浅ましくて、恥ずかしくてつらかったが、たったいまこのとき、目の前の男と見つめ合っていると、媚態《びたい》を晒《さら》してしまいそうで怖い。誰かに媚《こ》びるなんてしたことがないくせに。オメガだったら、誰でもそうしたくなるのか。

絵本から抜け出てきたような麗《うるわ》しい男は表情を引き締めると、奏歌を射すくめてくる。

「名をなんという」

「あ、その……水澄、奏歌、です」

耳に入ってくる男の声は、どう聞いても日本語ではない。かといって、どこかで耳にしたことのある外国語でもない。あきらかに発音が異なるし、これまで奏歌が聞いてきた言葉のどれともアクセントが違う。なのに意味もわかるし、会話も通じる。

「ミスミ……カナタ……どちらで呼んだほうがいい？」

水澄と奏歌の両方が名前と思われているらしい。違いを伝えようとしたのだが、豪奢《ごうしゃ》な室内で美貌の男に問われているいま、頭が混乱して的確な言葉が出てこなかった。

「奏歌、と、お呼びください。あの、あなたのことはなんてお呼びすれば……」

まだ二十代だろうが、威厳ある雰囲気がただ者ではない。もしかしたら、駅の階段を転げ落ちたあと、遠い外国の王子がたまたま通りかかって助けてくれたんじゃないだろうか。

「キールという。キール＝アルストリア。アルストリア国の第二王子だ。聞いたことがないという顔だな」

「あ、すみません。お話はちゃんと聞いてます」

「いや、いい。気にするな。――エンデリル大陸では二番目の国土を誇っているのだが」

咎めている声音ではなかったと思うが、知らないということを呆《あき》れられた気がして、とっさに「すみません」と謝った。

「なにを謝る？」

キールは訝《いぶか》しそうだ。

「いろいろわからなくてごめんなさい。時間はかかるかもしれませんが、覚えるので、教えてくださいませんか？」

懸命に言い募る。腕組みをしたキールが眉根《まゆね》を寄せ、顔をのぞき込んできた。

「だいぶ警戒されているな。こういう状況だから致し方ないところはあるが……必要以上にびくびくして見える。極度の人見知りか」

ふいに伸びてきた手に頭を触られそうになり、思わず「うわ……！」と首をすくめてしまった。

案の定、キールは目を丸くしている。

怒られる。

頭ごなしに叱《しか》られる。

難しそうな顔にますます萎縮し、うつむいた。頭上からため息が落ちてくる。

「怖がるな。いきなり触れた私が悪かった」

小声で呟くキールはぶっきらぼうだが、悪意は感じられない。

「奏歌、おまえは以前どんなところにいたのだ。そんなに萎縮するなんて、いままでどんなひとびとに囲まれていた？」

静かに問われて胸に浮かぶのは、声を荒らげる無数の黒い影だ。

目を閉じるといまにも誰かの罵声を浴びそうで、くちびるをぎゅっときつく噛んだ。

「すみません。まだ目が覚めたばかりで記憶がはっきりしなくて……ほんとうにすみません。もっと頑張りますから」

「おい」

今度は迷わず、キールが髪をくしゃくしゃとかき回し、「どうした」と頬《ほほ》をさすってきた。

「そんな苦しそうな顔をしているのに、『もっと頑張れ』なんて言えるわけがないだろう。そんな無茶なことを言う奴がおまえのそばにいるのか？」

気色《けしき》ばむ声に、曖昧に首を縦に振る。

「いるというか……いた、というか……」

もしかしたらここは大がかりなセットかなにかで、目を転じた隙に会社の上司や同僚が鬼のような形相《ぎょうそう》で詰め寄ってくるかもしれない。

なにぐずぐずしてるんだとか。

こんなところでサボってるんじゃないとか。

いやなことを前もって想像してしまうのは、もう、習性だ。

「奏歌、顔を上げてくれ。私はおまえを責めるつもりはみじんもない。ただ、身体は心配している。長い旅をしてきたなら、腹も減って疲れているだろう。まずは空腹を満たさないか。話はそれからでも充分だ。話したくなかったら無理しなくていい」

「どうして……どうしてそこまで」

互いに、ろくに知らないのに。

キールは気まずそうにそっぽを向く。

「昨日ひと晩中、おまえは私のジャケットを摑んで離さなかったんだ。きっと不安だったんだろうが、おかげで一睡もできなかった」

「すみません」

「気にしなくていい。客人向けのベッドの寝心地を知るのも大事だからな」

どこまで本気か、どこから冗談なのかわかりかねるが、素っ気ないキールにまごついてしまう。

奏歌自身、話し上手ではないので、こういうとき、相手の言葉を待ってしまう癖があった。

ひとつのベッドで夜を明かしたと知り、先ほどとはまったく違う羞恥《しゅうち》がこみ上げてきた。

掛け布団を顎まで引き上げ、「すみません……」ともごもご呟くと、胡乱《うろん》そうな目を向けられた。

「おまえはどうも謝るのが癖になっているみたいだな。自分に非がある場合はこころから謝るのが筋だと私も思うが、無実なのに謝ってばかりだと他人につけ込まれるぞ。なにを言っても口答えしない人間だと思われるのはいやだろう」

「……はい」

もっともである。

自分の立場がどんなものなのかまだはっきりしない状態で、キールの言葉に片っ端から頷くのは危険かもしれない。

だいたい、まだ夢を見ているのかもしれないのだし。

彼は無愛想ながら紳士的だ。こちらを窺《うかが》うような視線にはそわそわするが。

「どんな奴もおまえのような立場ならナイーブになるのかもしれない。一日ぶりに目を覚ましたのだからな。ここがどこかわかるか」

「え？　え、あの、一日ぶりって……俺、ずっと寝てたんですか？　ここで？」

「そうだ。二度と目を覚まさないんじゃないかと私たちは皆心配していたんだ。だが、神のご加護を信じてよかった。どこか痛いところはないか」

「とくには」

「では、腹は空いているか」

「いえ」

首を横に振ろうとしたが、ぐうう、と空っぽの胃袋が非難の声を上げる。とっさに両手でお腹を押さえたが、キールの耳にはしっかり届いたようだ。

見目麗しい男は仏頂面をすこしだけゆるめ、腰に両手を当てて身体を反らす。

「言葉よりも身体のほうが正直なようだな」

「すみませ……」

「いま食事を運ばせよう」

繰り返す詫《わ》びを押しとどめ、キールは寝台の枕元に垂れ下がる細い紐《ひも》を二度引っ張る。なんだろうと不思議に思っていると、すぐさま紺色《こんいろ》のドレスに糊《のり》の利いた清潔な白のエプロンを身に着けた女性が姿を現す。

「お呼びでしょうか、キール様」

「ナサ。奏歌がやっと目を覚ました。彼のために急いで食事を用意してくれ」

「かしこまりました。お召し物はそのままで大丈夫ですか？」

漆黒の髪を肩のラインでまっすぐ切りそろえた女性——ナサがこちらを向く。きりっとした美しい顔立ちなのだが、奏歌と視線が合うとにこっと八重歯《やえば》を見せて笑う。フリルの胸飾りが目を引く。

「汗をかいてらっしゃるようでしたら、お取り替えいたします」

「あ……じゃあ、あの」

目を覚ました際、じわりと汗をかいていた。シャツが背中に貼り付いているのを感じてキールを見上げると、「わかった」とでも言うように彼は頷く。

「奏歌の服もひと揃《そろ》い持ってきてくれ」

「お待ちくださいませ」

丁寧に頭を下げ、ナサが部屋を出ていく。ほどなくして、べつの女性たちが銀色のワゴンを押して入ってきた。こちらはナサよりも胸飾りが控えめだ、三人の女性はそれぞれがワゴンをベッドのそばまで押してくると、キールに一礼する。

「お待たせいたしました。料理を運んで参りました」

「奏歌、苦手なものはないか？」

「ありません。大丈夫です」

寝台で半身を起こした奏歌の腿《もも》に木製の脚付きトレイが置かれ、次々に料理が並んだ。熱々の湯気を立てるスープに緑が美しいサラダ鉢。魚料理もあれば肉料理もある。キールは近くの椅子に腰かけ、奏歌を見守ることにしたらしい。

「食後には果物もあるが、ひとまずは腹ごしらえをしてくれ」

「美味しそうです……いただきます。……ん！　このスープ、美味しい……。なんだろう、トウモロコシでもないし……」

「それはキルコの実をすり潰したスープだ」

「キルコ？」

どこかで聞いたことのある食物だ。

——正確にいえば、『どこかで見た』……『どこかで読んだことがある食物』のような気がするんだけど。

響きからして、欧州か南米で採れる木の実の一種だろうか。とろりとしたスープの横には焼きたてのパンがある。美味しそうな焦げ目がついたパンをちぎって口に入れると、「マキシンのパンは私も大好物だ」とキールが口添えする。

「おととしは日照りが続いてマキシンも不作だったが、昨年は思った以上の収穫があって助かった。我が国のマキシンのパンは近隣の国にも評判だからな」

「近隣の国……」

キルコのスープといい、マキシンのパンといい、知っているような初耳のような名前が続く。

きっと東京に住んでいても、日本の北国や南国での暮らしぶりや方言、風習に明るくないのと一緒だ。自分にとっては当たり前の常識が、一歩外に出たらまったく通用しないなんてことはよくある。

肉料理を切り分けると、艶々した肉汁があふれ出す。ぐううう、と鳴り続けるお腹を黙らせるため、肉を頬張った。

「これも美味しいです。やわらかくて、脂《あぶら》が乗ってとろっとしてる。牛肉みたいだ」

「ぎゅうにく？」

キールが眉をひそめる。

「それはなんだ。イッシの肉よりも美味しいのか？」

「イッシ……」

「このあたりではいちばん美味《うま》い食用動物だ。おもに険《けわ》しい山岳地域の崖の上に棲《す》む生き物で、捕らえるのに難儀する。平地での飼育にも挑戦し続けているのだがな。なかなかうまくいかない」

「……それは、羊とはまた違うんでしょうか」

「ヒツジとはなんなのだ」

咀嚼《そしゃく》する口が止まった。

牛肉も、羊も通用しないとなったら。だが、キルコといい、マキシンといい、イッシといい、絶対に知っている。どこだ。どこで目にしたのだ。

食べるのもやめて真剣に考え込む奏歌を、キールは胡乱そうに見つめている。

もやのかかる記憶を懸命に探り、「――あ」と声を上げた。

そうだ、自分はこの食物の名前を知っている。

自分の記憶が間違っていなければ、あの大好きなファンタジー小説に出てきた食物だ。どの名前も響きが不思議で、たまらなく美味しそうに描写されていた。コンビニ弁当ばかり食べていた奏歌に、それがどんなに魅惑的に映ったか。

知らない世界の食べ物は、ことさら妄想をかき立てるのだ。

しかし、考えれば考えるほど混乱しそうだ。

ひとつ咳払《せきばら》いをし、「あの」とフォークを置きかけると、「冷めるぞ」と素っ気なく言われ、慌てた。

「話したいことがあるのだろう。私もだ。だが、まず腹を満たしたほうがいい。長い話になりそうだからな」

「すみません……」

疑問は尽きないが、空腹のままでは冷静に物事を考えられない。キールの声音は冷ややかではあるが、完全に奏歌を突き放すつもりはないようだ。心底怪しい者だと断じていたら、食事など与えずに、眠っている隙に檻《おり》にでも閉じ込めておいたほうがずっと手早い。

空腹を満たして落ち着かせたところで、根掘り葉掘り問いただすかもしれないが。

急いで料理を平らげ、キールが勧めるままに甘い果実も食べた。ケランという名の果物も小説に出てきて、美味しそうだなと貪《むさぼ》り読んだのを覚えている。

食後には、熱い飲み物が提供された。ひと口啜《すす》ってみたが、紅茶ではないし、いままで口にしてきたどのお茶とも異なる。風味がよくて、美味しいことは美味しい。

「ちょっと酸味があるところがいいですね。口の中がさっぱりします」

「消化を助ける成分が入っている。昂《たかぶ》る神経を鎮める効果も」

「なるほど」

いまの自分にはぴったりかもしれない。なにせ目を覚ましてからこっち、慌てふためくことばかりだ。

ゆっくりお茶を飲むと、すこしずつ頭が冷えていく。

カップの底が見えそうになった頃、奏歌は意を決して口を開いた。

「ここは、どこですか？　日本、のどこか……じゃないか」

「ニホンとはどこなのだ」

すかさず切り返されて、今度こそ指が冷たくなっていく。

「冗談ですよね？　ここが日本じゃなかったら……どこだろ。いつの間にか、海外に運ばれてたのかな」

いつの間に？

海外に？

いくらなんでもそれはないだろう。海外に行くなら船や飛行機に乗る必要がある。航行中やフライト中、一度も目を覚まさないなんてことがあるだろうか。

固唾《かたず》を呑み、もう一度訊いてみた。

「じゃあここ、南米とか」

「それはどこだ」

「じゃあ、欧州」

「だからどこだ、それは。おまえはさっきからなにを言っているんだ」

怪訝《けげん》そうに問われて、もうなにも言えない。

ここが日本でもなく、欧米でも南米でもなかったら。

北欧か、アジアのどこかなのか訊《たず》ねてもよかったが、テレビやネットで目にしたことのない食物の名前を思い出すと、背筋がぞくりとする。

それらは、小説の中だけに登場した。

「じゃあ……あの、……あの、いまって……」

西暦と、最後の記憶にある曜日を口にした。

ますます眉間《みけん》に皺《しわ》を刻むキールが、奏歌の手元にある杯をのぞき込む。

「おかしな薬を混ぜ込んだ覚えはないのだが、奏歌が言う、セイレキというのがなんだか私にはわからない。それはなんだ？　なにを指し示している？」

「ええと、時間、というか、季節というか……なんて言えば」

「いまの季節を訊いているなら、春だ」

「春⁉」

「ワイフィード暦、アシュランとスナルの神が星々の合間で出会い、煌《きら》めきをひとびとにもたらすのが、いまだ」

「え？　え。なに。ワ、ワイ、アシュ、神と星？」

呪文のような言葉が右から左に抜けていく。ひとつもまともに聞き取れない。

「いま、というときを示すならば、そうなる。ついでに言えば、昨日はアシュランとスナルの神でもない。

キールは大真面目だ。とても冗談を言っているようには思えないし、奏歌をからかっているのでもない。

「……俺、駅の階段から落ちた……はずなんですけど」

「なにを言う。エキがなんなのかわからないが、おまえはこの城の奥にある予言の間の中で倒れていたんだぞ。鏡の前でひとり倒れていたところを、私が見つけた」

お手上げだ。

これが現実であることを確かめるために、自分の頬を強くつねって痛みに呻《うめ》いたところで、奏歌は呆然《ぼうぜん》と手のひらを見下ろした。

これは間違いなく自分の身体だ。

記憶を探れば、最後に思い出せるのは、会社最寄り駅の階段から転げ落ちたことだ。

あの階段の行き着く先が——思わぬ世界だったとしたら。

最近小説や漫画でよく見る、『異世界』とかなんとかだったとしたら。

そんなばかな。

つまらない冗談はよせと頭を振りかけたところで、決定的なことを思い出した。

キールという名前にも、アルストリア国という名前にも覚えがあった。

いや、ありすぎてにわかには信じられない。

お茶を飲んだばかりなのに、喉がまたからからに渇いていく。

頭がおかしくなったとは思えないし、やっぱり夢を見ているのでもない。

キール王子も、アルストリア国も、夢中になって読んでいたあの小説に出てくるキャラクター、そして国だ。

「嘘だ……」

両手で頭を抱え込む奏歌に、キールはますます深く眉間に皺を刻む。

通勤の際の電車内で読んでいた小説を紛失していなければ、鞄に入ったままだ。

「あの！　俺、なにか鞄みたいなもの、持ってませんでしたか」

「ああ、あった。茶色の鞄か」

色の名前や感触については、互いに共通しているようだ。

「そう、そうです」

「ここにある」

そう言ってキールはかがみ、寝台の脚元から鞄を取り上げ、「これだろう」と渡してくれた。

「これです！　これ……よかった……」

ひしと鞄を抱き締め、思わず撫でさすった。

「おまえが倒れていたそばに転がっていた」

「拾ってくださったんですね。ありがとうございます」

急いで鞄を開け、ごそごそと中を探った。タオルハンカチにペンケース、ノート、お弁当箱にマグボトル。そして、表紙がすこしめくれた文庫本。

胸を弾ませながらページをくり、目を疑った。中にはなにも書かれていない――白紙のページがそこにあった。

「嘘だ……」

「なにが嘘なのだ」

眉を跳ね上げるキールをなんとはなしに見つめ、ひゅっと息を呑む。

思い出した。

大切なことを思い出した。

目の前にいる男は、物語の半ばでとある人物に毒を盛られて命を落とす悲劇の王子だ。

——しかし、と内心首を傾《かし》げる。

あの小説の主人公は、姫のはずだ。キールの妹にあたる人物で、おてんばな彼女がさまざまな経験を積み、やがて旅に出て、流れ者の騎士と恋に落ちる——そういう物語だったはずだ。妹姫は、確かニイナという名だ。

いまここで「ニイナ様という姫はいらっしゃいますか」と聞けば、抱いている疑問もたちまち氷解するだろう。ここがほんとうに小説の世界なのかということが。

ちらっとキールを見上げ、ちいさくため息をついた。うかつにニイナ姫の名前を出したら、「なぜおまえが妹の名を知っているのだ」と訝しがられる。

出会ったばかりなのに、一方的に事情を知っているというのはさすがに怪しい。いまここで余計なことを口にしたら即刻打ち首になる気がして、ぶるっと身体を震わせた。

「どうした、黙り込んで」

怪訝そうに言われ、はっと我に返る。

「いえ、なんでもありません」

まさか、あなたは死にますなんて言えるはずがない。ただ、彼が主人公ではなかったので、どんな毒を使って殺されたのか、詳しいことまでは知らなかった。「毒」としか書いていなかったのだ。毒物といっても幅広い。薬草だって、鉱石だって、木の樹液だって、それこそ動物にだって毒はある。なにから抽出した毒かということだけでもわかれば、この先キールを助ける機会もありそうなのだが。

――いや、早まるな。まだそうと決まったわけじゃないんだ。ここは慎重にいかないと。すべては自分の勘違いで、ここはあの物語とはまったく違うどこかという可能性は充分にある。下手なことを言って、彼の機嫌を損ねたくない。

「おまえは白紙の本を持ち歩いているのか？　なにか書き留めるためか」

「あ……あの、ここには俺が読んでいた物語が書いてあったはず……あ、スマートフォンは？」

もう一度鞄を探り、しまいにはひっくり返して思いきり振ってみたが、もうなにも出てこない。

「そううまくいかないか」

転んだ際、どこかに落としてしまったのだろう。大きく息を吐き、背もたれにもできるふかふかの枕に背を預けた。

「大丈夫か？」

「……なんとか……」

さまざまな事柄を組み合わせ、できるかぎり冷静に考えたところ、ここは日本でも地球でも、西暦で数えるような場所でもない。現代日本からまったくずれた場所――小説の中に書かれていた架空の場所だ。

「なんで……」

夢を見ているとしか思えない。

冗談じゃないと舌打ちしたくなるが、まさか、自分は駅の階段から転げ落ちた際、死んだんじゃないだろうか。そして、この世界に生まれ変わったんじゃないだろうか。

どんどん妄想が逞《たくま》しくなっていく奏歌を引き留めたのは、キールだ。

「ひとりでぶつぶつ言うな。おまえがただ者ではないことくらい、私がいちばん知っている。予言の間に何者かが入り込むこと自体、あり得ないんだ」

「どういうことですか」

キールの言葉に興味を引かれ、顔を上げた。

「あの部屋は長い間、誰も足を踏み入れなかった。アルストリア国に代々伝わる書には、予言の間に現れる者のことが書かれていたが、まともに取り合う者はいなかった」

「あなたも?」

「すこし前まではな」

わずかに声を落とすキールを見つめたが、静かに視線を外された。

どこか気まずい沈黙が広がる中、奏歌はぎゅっと鞄を抱き締めた。重要な手がかりがあるわけではないが、この鞄だけは、ここと違う世界から奏歌がやってきたことを示す唯一の証しだ。

「ひとまず、腹はふくれたな。動けるか?」

気分を変えるような声に、ひとつ頷く。寝台の中で手足を動かしてみた。どこも怪我はしていない。

「大丈夫です」

「では、新しい服に着替えてすこし庭を散歩しないか。混乱気味のようだから新鮮な空気を吸ったほうがいい」

キールが言い終えたのと同時に遠くで扉がノックされる。

「入れ」

静かにナサが入ってきて、両手で畳んだ布を差し出した。爽やかな萌葱色《もえぎいろ》のそれを受け取り、膝の上で広げてみると、キールが身に着けているものよりはだいぶ装飾のすくない上衣と下衣だ。

「着てみるか。ナサ、手伝ってくれ」

「はい。この方をなんとお呼びすればよろしいでしょうか」

「奏歌だ」

「奏歌様ですね。では、こちらにお下りください。ひとりでお脱ぎになれますか」

「脱げると思います。……あ、裾《すそ》、こんなに長かったんだ」

寝台の脇に足を下ろしたことで、初めて、自分が裾の長い寝間着を身に着けているとわかった。透けそうで透けない寝間着を頭からすっぽりと脱ぎ、下着一枚の姿で彼らの前に立つのは恥ずかしかったが、ふたりともちっとも動じない。

言われるがままに背中を向け、ナサが手にする厚めの布で手の届かない場所を拭いてもらった。正面も拭かれそうだったので慌てて断り、そそくさと胸や手足を拭う奏歌に、キールはひょいと肩をすくめる。

「遠慮せずとも、ナサに任せればよいのに」

「ですが、初対面の女性にこんなことをさせるのは申し訳なくて……男性でも同じなんですけど」

「もしかして、ナサが普通の女性に見えるか？」

「違うんですか」

キールが顎をしゃくると、ナサはにこにこと頷く。

「これでも、アルストリア一の弓の使い手です」

「え」

「森でときおり出くわす狼《おおかみ》も仕留めます」

楽しそうなナサにおそるおそる振り向くと、「ほんとうだ」とキールが顎を引いた。

「弓を引いたら彼女の右に出る者はいない。私ですら歯が立たん」

ただただナサを見つめているうちに、ナサが恥ずかしそうに微笑んだ。

「女だてらに勇ましすぎるとお思いですか」

「とんでもないです。かっこいいなって……すごいです。弓が使えるなんて、ほんとうにかっこいい。よかったら、今度見せてくださいませんか」

深く突っ込むと相手にいやがられる――ついこの前まではそう思っていたはずだ。だから誰にも深く立ち入ることはけっしてしなかったのだが、この世界では皆、奏歌の言葉を真摯《しんし》に受け止めてくれる。

こころからの賛辞に、ナサはくるっと目を回す、手放しで褒められるとは思っていなかったのだろう。

「見せてやるといい。アルストリアが誇る弓の使い手の腕前を。我が誇りだ」

「キール様がそうおっしゃるなら、私としても、ぜひ」

嬉しそうなナサに親しみを覚え、「お願いします」と頭を下げた。

小説にもナサという使用人がいた。しかし、彼女が弓の使い手だとは書かれていなかったので、物語と現実とでは多少の差異はあるのだろう。

ナサが親切に着替えを手伝ってくれたことで、ようやく支度が調った。

「ちょうどいいみたいだな。丈もぴったりだ」

「ありがとうございます。こんな服、初めて着ました」

「奏歌様に、若草色のお召し物はよくお似合いです」

上衣の裾をつまみ、丁寧に施された刺繍に見入った。胸元には、ナサと同じような簡素なフリルがついている。腰の位置で濃い茶色のベルトを締め、下衣へと続く。ナサからブーツを渡され、四苦八苦しながら履《は》いた。

「ナサの見立てはいつも素晴らしい」

「光栄でございます」

うやうやしく頭を下げたナサが寝間着を畳み、一礼して部屋を出ていった。

「来い、奏歌。我が庭を案内してやる」

傲岸不遜《ごうがんふそん》に構えるキールは、まさしく王子そのものだ。

記憶に間違いがなければ、彼はアルファだ。

目と目が合ったときから、たまらなく惹《ひ》かれてしまう。

――こんなにときめくなんて、生まれて初めてだ。運命の番《つがい》、とかだったりして。おとぎ話としか思ってなかったけど。

鼓動が高鳴るのを感じながら、奏歌はぎこちなく微笑みながら、一歩踏み出した。

3

きらきらとまぶしい光が跳ね飛ぶ庭園は、見たこともない美しさで満ちあふれていた。先ほどまでやすんでいた部屋のバルコニーは庭へと繋がっていた。キールに手を引かれながらあちこち見回し、ため息をつく。

こんな綺麗な庭、見たことがない。

春らしく色とりどりの花が咲き乱れているのも楽しいし、ぶぅんとかすかな羽音を立てて飛び回る蜜蜂《みつばち》を探したが、無数の花びらに隠れてしまっている

向かう先に白いアーチがあり、ピンクの薔薇《ばら》が絡みついていた。その脇にも薔薇が群生していて、テレビで見たイギリスの庭園みたいだ。ほどよく素朴で、ほどよく華やか。そう口にすると、キールはちらっと視線を投げてくる。

「この庭はアルストリア城の自慢だ。諸外国から賓客《ひんきゃく》がある際は、かならずこの庭園にお通しする。ほら、向こうに四阿《あずまや》が見えるだろう。あそこへお客様をお連れすると、喜んでいただける。行きたいか？」

「ぜひ」

煉瓦《れんが》敷《じ》きのくねった小道を歩き、ゆっくりと黄色い屋根の四阿を目指す。

「おまえはどこから来たのだ。予言の間にいたということは、私たちとは違う世界のどこかから来たのだと思うが」

「信じてもらえるかどうかわかりませんけど……ここはまったく違う文化が栄える世界、日本の東京という街です」

突拍子もない話ではあるが、そもそも予言の間が存在する世界では、異なる世界からの使者も自分以外に存在するのだろう。

「俺以外に、ほかの世界からやってきた者っているんですか？」

「私の国にはいなかったが、友好関係にある東の国にはかつて不思議な使者が現れたという。もう二百年近く前の話だからとうにその者は死んでいるが、私たちとはまったく違う服を着て、持ち物もこの世界では生み出せない素材を使っていたらしい。なのに、彼は東の国に出現したのと同時に、彼の地の者たちと難なく話せたと聞いている。異なる世界からやってきたなら、まず言葉が通じないと思うのだがな。その点は、おまえもそうだ」

「確かに……俺が喋《しゃべ》ることはキール様に通じているし、あなたの言葉も俺はわかりますもんね」

「神の御業《みわざ》で、言葉くらいは共通のものにしてくださったのかもしれないな」

陽の光を弾く緑に触れながら歩いた。清浄な空気が胸を満たし、幸福な気分が広がっていく。

「東の国のひとはどんな暮らしをしたんですか？」

「彼の地は当時、ひどい水涸《みずが》れに喘《あえ》いでいた。真夏のような日々が半年も続き、川も湖も干上がって民を苦しめた。農作物や飼育していた動物たちも深刻な状況にあったんだ。水がなければ誰も生きていけない。それを、その男が救ってくれたという話だ。彼が涸れた湖の底に手をかざすと、みるみるうちに水が湧《わ》き出したらしい。それを機に国中が潤《うるお》った。いまでは緑豊かな美しい国だ。親交があってもなくても、王子として、ほんとうにほっとしている」

微笑むキールにつかの間見蕩《と》れ、慌てて顔をそらす。

さっきから彼の一挙一動に揺さぶられてばかりだ。

「すごいですね。もう、伝説の域です」

「確かに。男をたたえる像が王宮の庭に建っているのを私も見たことがある。筋骨隆々ではなく、どちらかというと頼りないくらいの印象だが、ひとびとに親しまれ、息を引き取ったときは国を挙げて喪に服したんだそうだ。愛されていたんだろうな」

「ですね」

頷きながら、——自分などにそんな重要な役目があるのかまるで自信がないが、と不安になる。

「おまえもなにかしら果たすために現れたのだろうか」

「わかりません……もともといた国でだって、期待される存在じゃなかったのに」

つい自嘲《じちょう》気味に言うと、キールが片眉を跳ね上げる。

「そんなに自己卑下《ひげ》するな。重い責務を負って疲弊《ひへい》することもある。予言の間にいたということは神の意志が働いているはずだが、……そうだな、違う世界からここに気晴らしで散歩しに来たのだとでも思えばいい」

落ち着いた声音に、ふっと肩の力が抜けた。

そうだ。なにかと気負っているが、もう一度目覚めた、ということのほうがよほど大事だ。

人生は一度きり。そう思っていたのに、二度目を体験できるのだ。

「楽しまなきゃ損、ですよね」

「そのとおりだ。おまえがいた国はどんなところだ。城はあるか？　私たちのような立場の者はいるか」

「お城は各地にありますが、ずっと昔に使われていたものを大切に保存している感じです。いま、そこに訪れるのは観光客です。キール様のような方も各国にいらっしゃいますが、形骸化《けいがいか》してるというか」

「形ばかりのものというわけか。狼は出るか？」

「出ません。すくなくとも俺が住んでたところでは」

東京のビルの陰から狼がのそりと現れるところを想像してくすっと笑い、四阿に足を踏み入れた。

「アルストリアは、このあたりでもっとも大きい国だ。背後に山脈があり、冬は冷たい風が吹いてくるが、夏は過ごしやすい。広々とした湖は清らかな水をたたえている。四季にめりはりがついていて、作物もよく育つ国だ。おまえがさっき食べたスープに使ったキルコの実は、我が国の特産物のひとつだ。どの民も動物を飼育している。上質の絹も自慢だ」

「農業が発達しているんですね。第一次産業がうまくいっている国って、末永く繁栄すると聞いたことがあります」

「ひとは、食べずに生きていけないからな。――城での暮らしに慣れたら、アルストリアがどんな国か見たいか？」

「ぜひぜひ、拝見したいです」

喜んで応えると、キールは満足そうにちいさく鼻を鳴らす。

しかし、なんだか首をひねるようなことを言われた気がして、先ほどの言葉を何度も反芻《はんすう》した。

「あの、俺、ここで暮らすんでしょうか」

「それはそうだろう。元の世界に帰る術《すべ》はあるのか？」

素直な問いかけには首を横に振るしかない。そんなもの知っていたら、とっくに実行しているのではないか。

「ない、ですけど……俺が倒れていた予言の間に行けば、鏡を通って帰ることはできませんか？」

「無理だ。予言の書では、『たった一度、その力はもたらされる』と書いてある」

「なるほど……」

そんなに簡単に帰れるわけないかとちいさく息を吐いた。あの駅の階段はかなり深いところにある地下の連絡通路まで上り下りができる。エレベーターかエスカレーターに乗っておけばよかったなと悔いてもいまさらな話だ。

こうなったら、できるだけここでの暮らしを快適に享受《きょうじゅ》するほかない。

手助けしてくれたキールはやや取っつきにくい。その人並み外れた美貌のせいもあるだろう。氷のように冴え渡る美しさは自分と同じ人間とは思えないくらいで、動きを止めると人形にしか見えず、立ち上る威厳と品格も手伝って、容易には声をかけづらい。

悪いひとではないのは確かだ。突然現れた奏歌を疑い、すこしでも怪しく思えれば即刻牢屋《ろうや》に閉じ込めてもおかしくないのに、予言の間に現れたという一点で食事もさせてくれたし、着替えもさせてくれた。

自分に特別な力はまったくない。それだけは確かだ。

ごくごく一般的な人間であることを知ったら、キールに失望されるかもしれないと思うと、すこしでも役に立ちたかった。牢屋や絞首台に送られなかったことへの謝意は形にしたい。どうすればいいか、いまはまったくわからないけれど。

春の風が心地好《よ》く吹き抜ける四阿内のベンチにキールと向かい合わせで腰かけた。

「お茶を運ばせよう」

「ありがとうございます」

四阿内にも紐が垂れ下がっていた。それを引っ張ると、城内のどこかでちりんとベルが鳴る仕組みなのだろう。すぐさまナサが緑の植え込みの向こうからやってきて、「冷たいお茶をふたつ頼む」と命じるキールに頭を下げて消えていく。

しばしキールとふたり、爽やかな風に身を任せていた。混ざり合う緑と花の香りを、胸の奥まで吸い込む。こんなに新鮮な空気を味わったのはいつぶりだろう。長いことうつむいていたから、絵の具を薄く溶かしたような綺麗な青空も、ふわふわと浮かぶ綿雲も、久しぶりに目にした気がする。

元いた世界でパソコンの文字を必死に追い続けてきた視界に、グラデーションのある木々の緑がやさしく映る。

再びつむじ風のように素早く現れたナサがてきぱきと木製のテーブルを開き、冷えたお茶を注いだ真鍮製《しんちゆうせい》の杯とクッキーを盛りつけた小皿を置く。

「ご用がありましたらいつでもお呼びくださいませ」

八重歯をちらりと見せたナサが背中を向けて去っていくのを眺めながら、「すごいですね、ナサさん」と呟く。

「キール様が呼び出すとぱっと現れて、ぱぱっと用事をすませてすぐに消えちゃう。有能な方ですね」

「私に仕える使用人の中ではいちばんだ。——さて、おまえも落ち着いただろう。すこし、お互いの状況を把握しておくのはどうだ」

「お願いします。俺もまだ、なにがなんだかわからないので」

冷えたお茶はほのかに甘い。「食べろ」と勧めてくるキールに礼を言い、クッキーをつまんだ。さくさくした生地に香ばしい木の実が交ざり込んでいて、とても美味しい。

「私の立場は先ほど言ったとおり、このアルストリア王国の第二王子だ。今年で二十六になる」

「俺は、水澄奏歌です。日本という国の東京という街で暮らしていましたが、仕事帰り、長い階段を下りている最中に転んだらしく、気がついたらあのベッドに寝かされていました。二十二歳です」

「年齢よりも若く見えるな」

まじまじと見つめてくるキールに身じろぎし、お茶で喉を潤す。

「私たちの想像を遙かに超える『どこか』からやってきたのだな」

「たぶん」

「予言の書には、この国が困難に立ち向かったとき、いずこから救世主が現れると書いてあった。おとぎ話のようなものだとしか思っていなかったが、奏歌は予言の間にある鏡の前で倒れていた。

あそこには私たち王族以外は立ち入ることができない。扉の鍵を持っているのも、私と兄だけだ」

「お兄様がいらっしゃるんですね。第一王子、ということですか」

「ああ」

　言葉を切って、キールは杯を口に運ぶ。

　よく冷やした真鍮製の杯の飲み口は非常に薄い。元いた世界とここではさまざまなところが異なるが、基本的な文化の発達は中世とほぼ同じらしいことにほっと胸を撫で下ろす。

「この国の王様って、キール様たちのお父上ですよね」

「そうだ。父のイニシュ王と王妃はいま北の国ハルドラを訪問中で不在にしている。我が国の上質の絹と、ハルドラで採れる炭を取引したくてな。父の不在中は、私が国をとりまとめることになっているんだ。それから、私には妹姫が」

　キールが言い終えたのと同時に、向こうのほうから明るい声が聞こえてきた。

「お兄様！」

「……ニイナ！　あまり急ぐと転ぶぞ」

　即座にキールが席を立つ。

　花をかき分けて駆けてくるのはなんとも可愛らしい姫で、十歳になるかならないかというところだ。フリルとリボンたっぷりのピンクのドレスが愛らしい容貌によく似合っている。光沢のある生地は上質の絹だ。高価な生地を惜しみなく使い、中には針金を使った円錐型《えんすいがた》のパニエを仕込んでいるのだろう。ふんわりとスカート部分が花のように広がり、裾からは細かな刺繍が施されたレースがちらちらと見えている。

使用人を従えて四阿に入ってきた姫は奏歌と目を合わせると、ドレスの裾をつまんで品よく頭を下げる。キールより明るめのブロンドヘアは光を弾き、ドレスと同じ色のリボンが可愛らしく飾り付けられていた。

「初めてお目にかかります。アルストリア国のニイナと申します。お兄様がなにか失礼なことをしでかしてませんこと？」

軽く息を切らしたニイナがにこりと笑いかけてくる。紫に透ける美しい瞳は、キールにそっくりだ。ニイナのほうがやや薄い紫色で、陽射しを受けて余計に宝石のように見える。

「おまえのほうがだいぶ失礼だ」

キールはつっけんどんに言い放つが、身体をずらし、ニイナのために隙間を作ってやった。ちょこんと腰かけた姫は好奇心旺盛な目を向けてくる。

「目が覚めましたのね。みんな心配してましたのよ、奏歌様」

「俺のこと、ご存じなんですか」

「ナサからひととおりのことを聞いたんですのよ。この国の方ではないって、お兄様、ほんとう？」

「ああ、どうもそうらしい。予言の間で倒れていたからな」

「そう……奏歌様、お加減はどう？　どこか痛いところはありません？」

心配そうに顔をのぞき込んでくる姫は、この国のすべてのひとを虜《とりこ》にしているに違いない。人形のように端正な顔立ちで、ころころ変わる表情がなんとも魅力的だ。高貴な姫であったとしても、その人懐こい瞳は奏歌を微笑ませた。

彼女こそがあの小説のヒロインで、主人公だ。王家に生まれながらものびのびと育ち、始終しかめ面のキールをいなし、笑顔でひとを惹きつける。魔法が存在する世界ではないのだが、ニイナの微笑みは特別な魔法のひとつだ。彼女がこの先成長し、十代の終わりには国を出て冒険の果てにとびっきりの恋に落ちるというロマンスと冒険活劇に、奏歌もわくわくしながら読み進めたものだ。

結局最後まで読んでいないから、ニイナの恋がどんな形に収まるか、そして物語はどんなラストを迎えるかわからないのが悔しい。

それにしても、いいきょうだいだ。

感情を面《おもて》に出さないキールと、光が跳ね飛ぶような愛くるしいニイナ。対応はそれぞれだが、奏歌が突然現れたことへの不信感よりも、案じる気持ちを優先してくれるのがことのほか嬉しい。育ちがいいといってしまえばそれまでだが、ただ裕福な家に育つだけではこうならない気がする。

彼らを取り囲む者たちが誠実であることは奏歌にも伝わってくる。

「大丈夫です、ニイナ姫。お気遣いありがとうございます。ニイナ姫はおいくつなのですか？」

「この夏で十歳になりますわ！　もう立派なレディですのよ」

胸を張るニイナにキールがふっと苦笑いする。誰だって、この素直な姫には勝てまい。奏歌も思わず声を上げて笑った。

「そうだな、ニイナももう一人前のレディだ」

「お兄様、笑いながらおっしゃってもすこしも嬉しくありません。わたくしをからかってるでしょう」

つんと顎を反らすニイナが奏歌と目を合わせ、「ねえ？」と首を傾げる。その愛くるしい仕草に目尻を下げた。

「お可愛らしいですね、ニイナ姫は。キール王子とよく似てらっしゃいます。とくにその綺麗な目が」

「ふふ、この紫色の瞳はアルストリア王族に代々伝わるもので、『明けの明星からこぼれ落ちた奇跡』と国民にも愛されてます」

「明けの明星ですか」

知っている。もちろん知っている。

美しいそのエピグラフは、小説の冒頭に記されていた。雰囲気のあるそれがなにを指し示すのか、奏歌が読み進めていた範囲では判明していないが、言葉だけは記憶にある。

「それって、夜空に輝く星のことですよね」と訊いてみると、ニイナとキールがそろって頷く。

「紫色の明け方、美しく輝く金の星から涙のようにこぼれ落ちた奇跡が私たちの瞳だという謂れがある。この色の瞳は我が王族だけに備わっているんだ」

「へえ……素敵です。家族の皆さんが紫の瞳なんですね」

「ああ。紫の瞳に灰色がかった金の髪を持つのが、アルストリア王族の証しだ」

「キール兄様の瞳も素敵ですけど、アディ兄様の瞳も負けていませんわ」

「アディ様というのは？」

なんの気なしに訊ねると、キールが冷然とした相貌をわずかに歪《ゆが》めた。

「……私の兄だ」

その声にはかすかな痛みが交じっている。そういえば先ほども、第一王子がキールの兄かと訊いたとき、彼は答えにくそうな顔をしていた。

軽率に触れてほしくない話題なのだろう。深くは聞くまいとしたが、ニイナがため息交じりに頬に手を当ててうつむく。

「アディ兄様は長いこと伏せっておりますのよ」

「ご病気、なのですか」

無礼にならないよう、そっと訊ねる。なにか言いたそうなニイナを制して、キールが振り向く。

「昔から病弱な方なんだ。今年の冬まではたまに庭に出て、外の空気を楽しむこともあったが、最近はほとんど寝室から出られない。典医によるとはやり病《やまい》ではないし、原因不明のようだ。なぜここまで寝込むようになったのか、誰にもわからない。次の王は兄なのだが……」

「……それは心配ですね」

第一王子ともなれば、公務でやすむ暇もないはずだ。しかし、アディ王子は城の奥にある塔にこもりきりだという。

キールをはじめとしたアルストリア家にまつわる出来事を見聞きし、どう反応しようか迷う。言葉を重ねてアディ王子の病状を案じることもできるが、自分はまだこの世界の新参者だ。深く寄り添うべきか、それとも失礼のない範囲で距離を置いておくか。

こういうことがとっさに判断できないから、元いた世界では疎んじられていたんだよなと思い出すと、胸の奥が鈍く痛む。

ひとの顔色を窺ってばかりで情けない。内心ため息を漏らしたことに気づいたわけでもあるまいが、ニイナが場の空気を変えるようにふわりと微笑んだ。

「わたくし、これからアディ兄様のお見舞いに行ってまいりますわ。奏歌様がお目覚めになったと知ればアディ兄様も喜ばれます。お部屋で伏せっきりですけど、奏歌様のことは案じていらしたし、おひとりだと寂しいでしょうから。お花、持っていきますわ」

そう言ってニイナが立ち上がった途端、ぴりりとちいさな音が彼女の足元から聞こえてきた。

不思議に思って視線を落とすと、「――あ」という声とともに、ニイナが慌ててドレスの裾をつまみ上げた。

「やだ……、また破いちゃいました」

「おてんばだな、おまえは。三日にいっぺんは破いてるだろう」

先ほどまでの憂《うれ》いをさっと消して兄らしく振る舞うキールに、ニイナはくちびるを尖《とが》らせる。

「もう、お兄様は黙っててくださいませ。どうしよう……。このドレスお気に入りだったのに」

ニイナはしょんぼりと肩を落としている。すっかり意気消沈してしまった妹姫に黙っていることができず、そっと声をかけた。

「もしよかったら……、俺が繕《つくろ》いましょうか?」

「そんなこと、おできになるの?」

「奏歌は服職人だったのか」

驚くきょうだいに、出すぎた発言をしてしまった気がして、すぐさま「いえ」と首を横に振った。

「趣味程度ですし、けっして自慢できた腕ではないんですが……自分で服を作ったり繕ったりするのが好きなんです。そのくらいの破れだったら、すぐ直せるかなって」

昔から裁縫に興味があり、独学でいろいろと作ってきた。学生時代は文化祭の劇で友人の衣装を手がけ、ついでにクラスの模擬店で販売するあみぐるみも作った。

どちらもたいそう好評で、いずれはアパレルの世界に行こうかと考えたこともあるが、世話になった養護施設の職員に相談したところ、『それだけ好きなことって、もしかしたら趣味にしておいたほうがいいんじゃない？』とアドバイスされたのだ。『それにいま、不況だし。手堅《てがた》い仕事に就《つ》いておいたほうがいいかも』とも。

それで正しかったのだという考えはいまも当時も変わらないが、一抹《いちまつ》の寂しさはあった。

——できるかどうか不安で、結局怖《お》じけて、夢を摑もうとしなかったんだよな。近づくこともしなかった。

それで一生食っていけるかどうかはさておき、ダブルワークをしながらでも挑戦してみればよかったとあとから何度も夢に見た。あの頃は自立することで一生懸命だったから、夢を叶えたいなんて甘ったれたことは二の次だった。

時間をかけてじっくり考え、服作りの世界に行く夢は胸にとどめることにした決断がいまさら間違っていたとはいわない。

だけど、思う。

意気地なしだった自分をやり直すことができたら。

結局、就職先に選んだのは二番目に好きな旅行に触れられる大手旅行会社だ。そこがとんでもないブラック企業だったのは入社してからわかったことで、仕事としてあちこち旅ができるのではないかという淡い期待もすぐに打ち砕かれた。奏歌が配属されたのは内勤で、利用客の旅程にミスがないか、深夜までチェックすることがメインだった。

あのまま働き続けていたら、駅の階段から転んでアルストリアに繋がる世界に来るよりも先に過労死していたかもしれない。

なにを間違ってかこの世界に来た以上、好きなことをやってもいいのではないか。

過労死待ったなしの状況から離れられたのだ。無為に過ごすのも性に合わないし、窮地を救ってくれたキールたちにすこしでも恩返しがしたい。

お節介なことをしていないかと不安で、「あの、やっぱり、いまのなし、かも」と撤回しようとしたときだ。

「ほんとうに？　ぜひお願いします！　……わたくし、そそっかしくて、しょっちゅうドレスを破いてはお針子に怒られてしまうのです。奏歌様にお願いしてもよろしくて？」

声を弾ませたニイナがきゅっと手を摑んでくる。温かくちいさな手はすっかり奏歌を信じきっていた。

「大丈夫ですよ。目立たないように繕います」

断られなかったことにほっとして破顔すると、ニイナはキールと目を合わせ、ぱっと顔をほころばせる。

「ありがとうございます！　奏歌様にはたくさんお礼をしなくちゃいけませんわね。では、今夜、ナサにドレスを持っていかせますわ。わたくし、急いでお部屋に戻って着替えたら、アディ兄様のところへ参ります」

「気をつけるんだぞ、ニイナ。慌ててまたドレスを破かないようにな」

「はい、兄様。では奏歌様、よろしくお願いいたします」

蝶《ちょう》のように飛び跳ねるみたいに去っていくニイナを見送り、奏歌はキールと目配せした。

「とても可愛い姫ですね」

「落ち着きがなくて困る。まあしかし、あの子にはなんの悩みもなく育ってほしいと思っているんだ。この国の采配《さいはい》は私と兄上がこなす」

「アディ第一王子とはどんな方ですか。あなたと似てます？」

「いや、私とは正反対でやさしくて温かく、陽気なお方だ。元気なときはしょっちゅう冗談を言う。兄上に比べたら私など足下にも及ばない」

「そんな。そんなことぜんぜんないのに」

キールにしてはめずらしく、乾いた語調に驚いた。ついさっき、奏歌に『自己卑下するな』と言ったのに。

怖いほどに美しい横顔を持つキールは、易々と他人を寄せ付けることはしない。磨き抜かれた美貌と洗練されたたたずまいに、誰もが一瞬は怯《ひる》み、遠巻きにするはずだ。

しかし、降って湧いた災難に巻き込まれた自分は知っている。

見た目ほど冷ややかな人物ではないはずだ。だってそうではないか。いくら神聖な予言の間に現れたからと言って、奏歌はどこからやってきたのかもわからない怪しい者だ。

父王のイニシュたちは外交で国を離れており、第一王子のアディは床に伏せ、すべての権限はキールにある。

彼の考えひとつで、奏歌のちっぽけな命など羽根のように吹き飛ばしてしまえるはずだが、なぜかいま、ふたりは四阿の中で言葉を交わしている。

信頼してほしい。役に立ちたい。こころからそう思う。

「そのうち、兄上に会わせよう。父上、母上にも」

「俺が予言の間に現れたことは皆さんご存じなんですか？」

「父上たちは詳しくは知らない。ハルドラに旅立ったすぐあと、私はおまえを見つけた。黙っておくのは難しいから、いちおう手紙を出してある。たまたま城の近くで倒れていた旅人を拾った、ということにしてな」

「ですよね……突然、予言の間に出てきたって言われてもびっくりするだけですよね」

「奏歌がよければ、父上にも真実を告げるが」

「いえ。いまはまだこのままで構いません」

頼りになるキールやニイナ、ナサたちが知っていればいまはいい。

「そろそろ部屋に戻ろう。城の内部について教えておきたい。おまえひとりでも迷わずに歩けるように」

「ありがとうございます」

立ち上がると、キールはすこし考え込んでから、すっと右腕を差し出してきた。わけがわからず彼の顔を見つめると、「摑まれ」と言われ、じわりと頬が熱くなる。

「よろしいのですか……？」

どうやらエスコートしてくれるようだ。

男性ばかりか、女性の腕にも触れたことがないのに。

「おまえまでニイナみたいに転ばれてもかなわん」

素っ気なく返されたが、差し出された右腕はそのままだ。

「ありがとう、ございます」

声を上擦《うわず》らせ、そっと腕を摑んだ。服の上からではわからない、しなやかな筋肉が埋まった腕に指を絡め、ぎこちなく隣を歩く。

「こういうことに慣れてないようだな」

「すみま……」

口癖のように呟こうとする奏歌に、とん、とキールが肘《ひじ》をぶつけてきた。そして、おおげさなため息をつく。

「仕方ない。これも神の思《おぼ》し召《め》しだろう。――ダンスも教えてやるから、それまでに私の隣を歩くことに慣れろ」

「はい」

「いつか舞踏会で踊るぞ。いいな」

「は、はい」

舞踏会に出られるほどの立場ではないし、王子の相手を務《つと》めることも論外なのだが、逆らうことはできなそうだ。

「感謝します……」

ぽそりと呟いた奏歌の耳に、ふっと可笑《おか》しそうに笑う声が聞こえてきた。

4

「奏歌様はこちらのお部屋でお過ごしください」

　案内された部屋は清潔な香りに包まれ、居心地がよさそうだ。

　目覚めたときに寝かされていた広い部屋とはまた違い、こぢんまりとしていながらも、居間と寝室に分かれている。

「お気遣いいただいてすみません」

　数多くある部屋のひとつをナサたち使用人が前もって綺麗にしてくれたのだろう。寝椅子の優美な背もたれを指でなぞり、室内をぐるりと見回す。

「綺麗なお部屋ですね。ここは普段、お客様がお泊まりになるんですか」

「ええ、外つ国《とつくに》からいらした方々が逗留《とうりゅう》される際、お使いいただく部屋です。長期にわたる滞在も快適に過ごしていただけるよう、浴室も奥にございます」

「そうなんですね、助かった」

　小説やアニメの中でしか見たことのない『異世界』に来てしまった以上、さまざまなことに不自由しそうだと覚悟していたが、風呂で汗を流すことができるのは非常に助かる。

「お召し物も簞笥《たんす》の中に用意してございます。お好きにお着替えください。洗濯が必要な衣類は浴室にある籠《かご》に入れておいてくださいませ。毎朝、私どもが回収いたします」

「あの、下着は自分で洗います」

わずかな羞恥を覚えて言うと、ナサは驚いたように目を瞠る。

「お気になさらないでくださいませ。お客様のお世話は慣れております」

「いや、なんか、恥ずかしいですし」

「奏歌様以外にも逗留される方がいらっしゃいますから、気になさらずに。洗い物はいっぺんに行いますし」

男性の衣類だろうとなんだろうとナサはまったく気にならないようだ。照れるのも逆に失礼かと思い直し、「じゃあ、お言葉に甘えてお願いします」と頭を下げた。

「そちらの鞄は、この簞笥にしまっておくのがよろしいかと」

壁際に据えられている簞笥は、クローゼットのように両開きの扉がついている。

白く塗られた扉には金色の装飾が施されており、取っ手も金色だ。開いてみると、中には真っ白な寝間着と下着が用意されていた。その中に、ずっと脇に抱えていた鞄をしまった。

元いた世界の唯一の思い出だ。

もう戻れない。

とくに戻りたいとも思わないが、幾ばくかの懐かしさはある。勤め先はブラックで、社内の人間関係はギスギスしっぱなしだった。

誰を思い出してももう一度会いたいとは思わないものの、二度と戻れないのだと考えるとすこし寂しい。便利なコンビニも、どこへでも連れていってくれる電車やバスやタクシーも、ここにはない。

とはいえ、新しい世界での暮らしを考えれば、胸がときめく。

「湯浴みについても、毎晩私どもが用意いたします。お背中を流す者を使わしましょうか？」

「い、いいえ、大丈夫です、ひとりで入れます。……キール様たちは湯浴みの際に、誰かに背中を流してもらうんですか？」

「ええ、専用の者がおります。奏歌様も遠慮なさらなくてもよいのに」

「俺が元いた世界では、基本的になんでもひとりでこなしてましたから」

「お食事もですか。おやすみになる前に子守唄を歌う者も必要ありませんか？」

これにはつい声を上げて笑ってしまった。

「大丈夫です。ひとりで眠れます」

「なら、よろしいのですが。いつでもお気軽にお申し付けくださいね」

ひとわたり説明を受け、おおよそを摑んだところで、ナサが湯浴みの準備をし、ふかふかのタオルを渡してくれた。

「当面の間は私が奏歌様のお世話をするようにとキール様から命じられましたので、なにかございましたらお呼びください。それと、遅くなりましたが、このドレスをニイナ姫から預かっております」

渡されたのは、昼間、ニイナが着ていた可愛らしいドレスだ。広げてみると、裾が細く裂けている。

「裁縫道具は、そちらの棚にございます。お針子を呼ばなくて大丈夫ですか？」

「これくらいなら直せますよ。ここに滞在させてもらえるお礼に、ぜひやらせてください。あさってまでには綺麗にしておきます」

「承知いたしました。その旨《むね》、姫様に伝えておきます。では、私はこれで失礼いたします」

「いろいろとありがとうございます。ナサさんもゆっくりやすんでくださいね」

一礼して、ナサは部屋を出ていった。

あらためて室内を見回す。天井が高く、四隅は美しい彫りが施された支柱で支えられている。壁には、緑の濃い森と草花の描かれた絵が飾られていた。

目がやすまる絵画にほっとした。ここは元いた世界とはなにもかも違うが、地球から遠く離れた惑星というわけではない。

言葉の響きは初めて耳にするものの、意味はわかる。

思いついて、壁に据え付けられた書棚に近づいた。分厚い本がぎっしりと詰まっている。箔押《はくお》しの背表紙を指でなぞった。

「アルストリア史第一巻……」

刻み込まれた文字は一度も見たことがない。仕事柄、外国語や文化については触れてきたほうだが、こんなに凝った文字は目にしたことがなかった。

しかし、読める。元いた世界で毎日のように読みふけっていた小説のように、厚い本に書かれた文字がなにを意味しているか、奏歌はきちんと認識できた。ぱらぱらとページをめくれば、この国がどんな道を歩んできたか、堅めの文章で綴られていた。

「こんな生き方もあるんだな……」

不思議なものだ。取り巻く世界は一変したのに、以前よりずっと穏やかでいられる。

時間のあるときにゆっくり読もうと世界史の本を棚に戻し、ニイナのドレスを抱えてベッド脇のテーブルに着いた。丸テーブルは、ちょっとした食事を取るのにもよさそうだ。

棚に置かれていた茶色の小箱を開けると、裁縫道具が詰まっている。糸と針を手にし、ドレスを膝に広げた。ボリュームたっぷりのドレスはふんわりと広がり、可憐《かれん》な花のようだ。

裾が細く裂けていたが、これくらいなら自分でも直せる。なめらかな表地に跡を残さないよう慎重に繕う間、キールを思い浮かべていた。

冷たく整った相貌を誇る彼を想うと、胸の奥ばかりか、身体の秘する場所もしっとりと潤う気がして、ちりっと頬が熱くなる。

無性に恥ずかしかった。

自分はこんなにはしたなかっただろうか。

だが、キールは誰とも違う。特別なアルファで、オメガである奏歌の感情を根底から揺さぶるただひとりのひとだ。

裏表のないニイナやナサはともかく、キールにはどこまで踏み込んでいいのか迷う。感情があまり顔に出ない彼は実際なにを考えているのか。

わかりやすいひとではないからこそ強く惹かれてしまうのだと思い至り、気恥ずかしくなる。

「……もう、なに考えてるんだ」

針を高々と掲げ、軽やかな生地をたぐり寄せた。繊細な刺繍が施されたレースの裾はとくに気を遣う。できるだけ生地に近い糸を探してかがり、玉留めする頃には目の奥が痛くなっていた。

こんなに真面目に縫い物をしたのも久しぶりだ。

異世界で出会った姫に気に入られたいというよりも、自分が本来してみたかったことをさせてもらえる喜びのほうが強い。

灰色の想い出しかない世界から、艶やかな彩りの世界にやってきた。もしここで生き直しができるなら最高だ。

元の世界では面影も曖昧な母に幼い間しか愛されなかったが、ここでなら。もう一度、生きてみたい。

「よし、できた」

ドレスをぱっと広げ、仕上がりを確かめた。

大丈夫だ、これならニイナに自信を持って渡せる。

ドレスが皺にならないようふんわりと畳み、テーブルに置いて立ち上がった。窓の外をのぞくと、暗い夜空が広がっている。

星は見えるだろうか。あの世界よりも、もっと鮮やかに。

5

毎朝起きるたびにアルストリアの新しい魅力に気づかされた。

最初の一か月は、なにをしてもどこか落ち着かなかった。よそからやってきた闖入者《ちんにゅうしゃ》、という感覚がどうしても抜けなかったからだ。

だが、キールとニイナ、ナサたちが親身に接してくれたことで、奏歌はこの国の習わしを覚え、ひとびとに馴染んでいった。

彼ら以外の者と話したことはまだないから、廊下や庭に出るたび、知らない顔に出くわしたらどうしようと毎回肝《きも》を冷やした。

おかげで、日中は広大な庭園の一角を歩くか、ナサに前もって無人であることを確かめたうえでの図書室探索だ。

このふたつはたいそう気晴らしになった。

書物を読み、戸外を散歩することで、ここがエンデリル大陸内の南に位置する国だということがわかった。気候は穏やかで、初夏に向かういまは風も爽やかで過ごしやすい。

庭園には色とりどりの花が咲き乱れ、中には実をつけるものもあった。見慣れない花や実を目にするたび、散歩をともにしてくれるキールに訊くと丁寧に教えてくれたものだ。

「あの樹になる赤い実は甘酸っぱくて美味しいんだ。そっちに咲いている白い花を酒に漬けると、とてもいい香りを放つ美酒になる」

「綺麗なだけじゃないんですね。この庭にあるものすべてが食べられるんですか？」

無邪気な質問に、キールは可笑しそうに肩を揺すった。

「そううまくはいかない。中には毒になるものもあるが……そうだな。ちゃんと知識があれば、三日三晩くらいはこの庭で過ごせるぞ」

「すごい。いつか挑戦してみたいです」

外で得た知識は、図書室で補強する。

ここではニイナがよくつき合ってくれた。彼女自身、家庭教師からさまざまなことを教わっていたので、奏歌相手に復習をしたがったのだ。

ニイナの復習は、奏歌にとってもありがたい。アルストリアの歴史や国家間の力関係、はたまた森で採れる特別な薬草の見分け方も学んだ。

とくに予定もなかった晴れた日。ひとりで散歩することにした奏歌は、城の近くにある森の奥へと足を踏み入れた。

豊かな緑がどこまでも広がる中、まぶしい木漏《こも》れ陽がきらきらと美しい。季節はすこしずつ夏へと向かい、あたりには緑の匂いが立ち込めている。

先日、ニイナに教わった、滋養強壮の素となる黄色の花を探そうとしてあちこち見て回り、途中で喉の渇きを覚えて、斜めがけにした布の鞄からマグボトルを取り出した。

鞄はナサからもらったもので、マグボトルは元いた世界の想い出の品だ。

太い樹の根に腰を下ろして、表面に薄く傷がついたマグボトルから注いだ水で喉を潤す。水はまだ冷たいままだ。アルストリアの文化にもだいぶ慣れたが、あの世界では当たり前だった文明の利器も懐かしいものだ。

もう戻れない、戻らない世界を懐かしく思い浮かべ、わずかな感傷とともにもうすこし水を飲み、クッキーもつまむ。

仕事をしている頃は、こんなに美しい緑の中に身を置くことは皆無だったように思う。好きな旅行も海を選ぶことが多かった。青い海と白い砂浜には馴染みがあるが、こうした深い森は新鮮だ。

「そろそろ行くか」

立ち上がって手をはたき、再び歩きだす。

地面を這《は》う逞しい木の根につまずかないよう、足下に注意しながら歩いたのが悪かったのだろうか。ニイナに教わったとおり慎重に進んできたつもりだが、はっと気づくと行く手がふさがっている。

慌てて周囲を見回したものの、森はどこまでも奥へと続いている。ここまでの道のりは迷子にならないよう、城の者によって木々の枝に白い布が巻きつけられていた。それを目印にしてきたつもりなのだが、足下ばかり見ていたせいで、いつの間にか白い布は視界から消え失せていた。

――まずい。

緑の木々が折り重なる場所で声を張り上げても、遠くへと届かない。

「どうしよう……」

あたりを見回し、すこし戻ってみるものの、すぐに緑に阻《はば》まれる。ため息をついて先ほどいた場所に戻り、頭上を見上げた。複雑に交差する枝にふさがれて、空が見えない。

刻々と不安が募ってくる。

元いた世界でも何度か道に迷ったことがあるが、最終的には絶対に目的地にたどり着けた。誰かに道を訊ねたり、スマートフォンで地図アプリを開いたりできたからだ。徒歩でだめなら、タクシーを使うことだってできた。

だけど、ここでは自分の足に頼るしかない。

何度か来たことのある森だからと油断していたのがまずかった。

取り乱しそうなのを堪《こら》えて鞄の中をチェックし、食料と水が残っていることに安堵《あんど》のため息を漏らした。

念のため、パンに肉を挟んだものも持ってきたたし、マグボトルにも充分な水がある。

万が一、ひと晩森で過ごすことになってもすぐに困る状況にはならないが、灯りがないことにこころ細くなる。

過去、森に踏み入った際は、陽が暮れる前にかならず城壁内に戻った。

『なにが出るかわかりませんからね』

ナサがにこにことそう言っていたことを思い出す。よく研いだナイフと鋭い鏃《やじり》のついた弓を携えた彼女ならこんなトラブルもたちまち抜け出すだろう。深い森の散策にも慣れているし、もしものときは狼だって倒せるほどの腕前だ。なのに自分ときたら、木の枝を切り取るのがやっとという程度のナイフしか持ってこなかった。

灯りを点けるには、種火が必要になる。

城にいる間はつねにどこかに種火があり、そこから厨房《ちゆうぼう》のかまどや各部屋の灯りへと移されていた。冬になったら暖炉に火を点けるのだとナサが言っていた。

マッチやライター、はたまた電気などという便利なものはここにはない。

戦う際はナイフや弓、剣を使い、火を作るには鋼《はがね》と火打ち石、火口《ほくち》を必要としたので手間暇がかかる。これが遠征ならば行軍にいる誰かの鞄に火付け道具が入っていたはずだが、ひとり森にやってきた奏歌には松明《たいまつ》もない。

焦《あせ》れば焦るほど平常心を失いそうだ。努《つと》めて深く息を吸い込み、吐き出す。吸い込んで吐き出す。それを三回繰り返したところで、もう一度あたりをじっくりと眺めた。

方位磁石《じしやく》でもあれば完璧だが、それもない。ないものねだりをしても無駄だ。遭難したと騒ぐにはまだ早いと自分に言い聞かせ、目についた木の枝に持参したハンカチを結びつけてから陽の差すほうへと歩く。

しばらく進んだところで行く手を阻まれ、迷わないよう元の場所へと戻った。今度は逆方向へと向かうと、獣道が通っていることに気づいた。

それこそ動物しか歩かない踏み跡を人間が進んでもよいのか迷うが、最初に来たときも狭い道を分け入ってきたなと思い出す。

進むか、退くか。

考え込んでいるうちに土の匂いが濃くなっていく。いまにも緑の檻に閉じ込められるような錯覚に襲われ、パニックになりそうなのを必死に堪えるためもう一度深呼吸すると、目の前の木々が大きくがさっと揺れた。

全身を耳にして音を聞き、あたりを探る。とっさに近くに落ちていた太い枝を摑んで目の前にかざす。獣か、それとも——息を吸い込むのと同時に木々の向こうから現れたのは、思いがけないひとだ。

「——キール様！」

「ここにいたのか」

葉陰から顔を見せたキールと目が合うなり、どっと安堵感が押し寄せてきて、奏歌はへなへなとその場に座り込んだ。

「怪我はしてないか？」

「してない、です……」

狼かと身構えただけに、一気に緊張感が解ける。

腰が抜けて立てない奏歌にキールが近づき、手を差し出してきた。

「驚かせたか、すまない」

「いえ、すみません、お恥ずかしいところをお見せして。キール様は狩りか散歩ですか？」

「おまえを捜していたんだ」

思わぬ言葉に驚いた。まさか、王子みずから捜索に携わるなんて。

深い森の中では枝葉が引っかからないようにマントを着けず、動きやすそうな服装がしなやかな筋肉質のキールによく映える。片手に短剣を持ち、もう片側には革袋を背負っていた。

「でも、よくわかりましたね。俺が森で迷子になってるって」

「おまえを城下町に連れていこうと部屋を訪ねたら、ナサに『森へお出かけになりました』と言われたんだ。『そういえばなかなかお戻りになりませんわ』ともな。以前も森の中で迷ったことがあると話を聞いて、念のため捜しに来た。この森に迷い込む者はたいてい、ここらへんで足止めを食らう」

「そうだったんですね。……助かりました」

ひとりで夜を明かさずにすんだと胸を撫で下ろし、キールの手を摑んで立ち上がる。

「陽が暮れる前に見つかってよかった。この森には魔女が棲《す》んでいるんだ」

「……冗談ですよね」

「ほんとうだ」

まじまじとキールを見つめてしまった。不思議な世界にやってきたものだとは思っていたが、まさか魔女が存在するとは。にわかには信じがたくて、懐疑的になったことにキールも気がついたようだ。

「伝説の存在だが、私は信じている。なんなら、魔女が棲むといわれる場所へ案内しよう」

「呪われませんか？」

「いまはまだな。夜更けになったら命も危ういが、もう少し間がある。そもそもこのあたりは獣の棲《す》み処《か》だ。二度と迷わないように、おまえも危険な場所を覚えておけ」

「わかりました」

頷き、歩きだしたキールのあとをついていく。緑が生い茂る深い森でも、キールの足取りは確かだ。道なき道を進んでいった先が唐突に開けたかと思ったら、まぶしい光を跳ね返す湖に突き当たった。

「こんなところに湖が……」

木々が複雑な影を落とす湖面はさざ波ひとつ立てず、ここでは風もそよがない。静まり返る湖をじっと見つめていると引き込まれそうだ。

「城からは離れているが、ここはなぜかどんなに暑い夏でも干上がることはない。湖の底に棲み着く魔女の力によるものだと私を産んだ母が言っていた」

さすがに魔女の存在はおとぎ話だろうが、そう思わせるだけの不気味さに満ちている。

「キール様をお産みになった方……というのは、いまの王妃ではないのですか」

「違う。セラフィ妃は、私の異母兄のアディと異母妹のニイナの母だ。私は――国王の側室、サラの息子だ。兄や妹と、私は半分しか血が繋がっていない。実の母は私が幼い頃、この湖で溺《おぼ》れた」

沈鬱《ちんうつ》な表情で静かな湖面を見つめるキールの横顔に、どう声をかけていいかわからない。

だが、奏歌は知っていた。

確かにキールの母はここで命を落とした。まだ子どもだったキールを残して、湖の畔《ほとり》で足をすべらせたのだ。そのことは小説にも書いてあった。

現王妃であるセラフィは、王をそそのかした美しい悪女ではなかったか。彼女の研ぎ澄まされた美貌に王は惚《ほ》れ込んだが、計算高く冷たいこころに気づき、城下町で働く気のいい娘に浮気をしたという。その娘こそがキールの母親であるサラだ。王に請《こ》われてサラは城に移り住み、キールを産んだ。

しかし、慣れない王宮暮らしが彼女を蝕《むしば》んだ。陽気な町娘のサラにセラフィはことごとく冷たく当たり、手駒の召し使いを使って彼女を追い詰めた。次第に朗《ほが》らかさを失ったサラはキールをひとり残すことに涙しつつも森をさまよい、湖に身を投げた。確か、そういう筋書きだ。サラの悲愴《ひそう》な決意を、キールは知らないらしい。

奏歌が愛読していた小説では最初から母の死の真相を知っていたはずなのだが、どうしていまは違うのか。

本に書かれていた物語が変容していることにふと気づき、背筋がぞくりとする。

まさか、自分という異分子がこの世界に割り込んだせいで、この世界をおかしくさせてしまったのではないか。

考えられないことではなかった。神様の気まぐれで迷い込んだとしか説明がつかない。

釣られて、いやなことを思い出した。

セラフィ妃という名には覚えがありすぎる。

記憶違いでなければ、セラフィ妃こそがキールに毒を盛る張本人だ。

病弱なアディ王子を未来の国王にすることが危ぶまれ、健康なキールを妬《ねた》むセラフィ妃は宴のさなかに彼に毒杯を渡し、亡き者とする。

小説の中でも盛り上がる場所だ。しかし、その場ではキールの死の真相は明かされず、心不全で突如息を引き取ったとされ、妹のニイナは目の前で兄を喪《うしな》ったことを深く悔やむ。兄のアディは腹違《い》いの弟の早い死を悼《いた》み、いずれ自分が王となり、立派に国を率いることで民たちの悲しみを癒やすと堂々と宣言する場面だ。

——ほんとうはセラフィ妃に毒を盛られたってことは、物語の後半で明かされるんだよな。唯一の解毒剤は、確か『明けの明星からこぼれ落ちた奇跡』といわれるものだ。ニイナたちはそれを『アルストリア家に伝わる紫の瞳の色』だと言ってたけど、物語の中では実際にどこかに存在する薬なんだ。でも、それがどこにあるかということまでは俺は知らない。そこを読む前にこっちに飛ばされてしまったから。

『明けの明星からこぼれ落ちた奇跡』というのが、瓶《びん》に入った飲み薬のようなものなのか、それとも森の中に生えているような草木から抽出できるものなのか、はたまたもっと抽象的なものなのか。正直、まったく見当がつかない。

この薬のことを示唆《しさ》する人物がほかにいたはずなのだが。

確かに、キールは死んだ。セラフィ妃はキールの葬儀中、計画がうまくいったことを占星術師と喜んだはずだ。

そう、そうだ。占星術師がいた。

名は、ヴィンスだ。鋭い美貌を持つ占星術師、という触れ込みだ。

奏歌はまだ出会っていないが、ここが小説と同じ世界でキールやセラフィ妃が存在しているなら、ヴィンスもかならずいる。彼は『明けの明星からこぼれ落ちた奇跡』が実在する解毒薬だということを物語の中でひとり呟くのだが、その言葉が誰に届くかということも、奏歌は知らない。そこもまた未読のままだと思い出すと歯がゆくて仕方なかった。

どうして自分がこの世界にやってきたのか。次元の割れ目に落ちたともいえる異邦人というのでもないだろう。もしそうだったら、アルストリア城の予言の間に現れる異界の者はもっと多いはずだ。しかし、キールは、奏歌の出現に心底驚いていた。この国の危機を救うため、という重い肩書きを持った自分になにができるのだろう。

わかるのは、キールたちが小説の中を生きていた人物であること。そして、その生涯がどんなものか、途中まで知っている。誰がどんなトラブルに巻き込まれるかということも。

キールは非業の死を遂げるが、あの作品の主人公は妹姫のニイナだ。愛する兄の死を嘆き悲しむ彼女はキールを喪ったことで独り立ちを決意し、アディや父王たちを説き伏せて単身、旅へと出る。

姫のひとり旅は過酷だが、うっかり怪我を負ってしまった際に通りがかった流れ者の騎士と運命的な恋に落ちる。姫はアルファで騎士はオメガだが、剣の才能があった。襲いかかる獰猛《どうもう》な獣を蹴散らす騎士とともに、さまざまな国の者が集まる賑やかな西の国を目指すところまでは読んでいる。

ここからは想像だが、旅の途中で、ニイナはキールの死にまつわる真相を知るのだろう。兄を毒殺したのは誰なのか。真犯人を知ったとき、ニイナはどうするのか。

キールの死を食い止めることができれば、ニイナをこれ以上悲しませることもない。おてんばな彼女の旅立ちを止めることはしない。それは彼女だけの選択肢だと奏歌もわかるからだ。

いまはいちばん近くにいるキールを救いたかった。

「つかぬことをお伺《うかが》いしますが、ヴィンス様という占星術師はいらっしゃいますか」

「なぜその名を知っている？」

不思議そうに言われて口をつぐんだものの、すぐに、「城内を散歩しているときに偶然名前を耳にして」と言い訳した。「なるほど」とキールは頷き、ぽつぽつと語りだした。

「四、五年前だろうか、ヴィンスは遠く北の果ての国ロンヌから来た。どこよりもゆっくりと陽が昇る国は、夜の加護を受けた占星術師を多く輩出してきた。ヴィンスもそうだ。星の動きから凶事を見抜くと評判を聞きつけた継母《はは》が呼び寄せて我が国の安泰を占わせたところ、過去に例を見ない干ばつを口にした」

「それ、当たったんですか？」

「怖いほどにな。ヴィンスが前もって警告してくれなかったら、被害はもっと甚大だった。イッシをはじめとした動物たちは倒れ、作物は枯れ、山も森も燃え、我が国は完全に壊滅していただろう。ヴィンスの予言のおかげで、事前に水や食料を溜め込んでいた私たちは危機を回避することができたんだ。それでセラフィ妃はヴィンスに城への逗留を勧めた。指南役として」

難しい顔のキールの言葉を、奏歌は黙って聞いていた。

ヴィンスは巧みな話術でセラフィ妃を操ることに成功し、ひそかに国の乗っ取りを企《たくら》む。

極寒の国ロンヌで生まれ育ったヴィンスは自国の暴君の圧政で貧しい生活を余儀なくされ、飢《う》えと寒さで次々に家族を失い、孤児になった。国民から富を吸い取る王、王に媚びへつらう貴族だけが生き残るというひどい国だ。

逆らえば牢獄行きか、よくて、容赦なく不毛の地で強制労働させられる、底なしの権力を憎み、呪ったヴィンスはある寒い冬の日、夜陰に紛れて故郷を捨てて終わりない旅に出た。

その頃のヴィンスはまだ少年だった。渡り歩く国々で正体を偽り、鋭い勘とひとのこころを見抜く力を磨き、次第に過去と未来を見通せる占星術師として名を馳《は》せた。

その能力はもちろんでまかせだ。そもそも、ロンヌ自体、詐欺が横行する国だったのだ。

苦しい生活を生き延びる執念がヴィンスを育てたのだろう。アルストリアにたどり着く頃には光り輝く評判を背中に、堂々とセラフィ妃と王に謁見《えっけん》を求めた。

病弱なアディ王子の将来を案じていたセラフィ妃に取り入ったヴィンスは、いずれ、妃をそそのかして間接的にキールを殺害し、陰の王としてこの国を自在に動かす——そんな波瀾万丈《はらんばんじょう》な謀《はかりごと》が小説には書かれていた。

なんとかしてうまく立ち回らなければ、キールは死ぬ。続いて国王も崩御する。アディも国を盛り立てると宣言するが、やがて病で他界し、ニイナは遠い国へと旅立つ。

あとに残るのは、かつて故郷で強欲に振る舞った王のように富を貪るヴィンスと、操り人形に成り果てたセラフィ妃だ。

一読者としてはドラマティックな展開にはらはらしただけだったが、いまは違う。

目の前で生きているキールやニイナをどうしても救いたかった。

キールと肩を並べて城へと戻り、自室まで送ってもらった奏歌は勇気を振り絞って彼を見上げた。

「ご迷惑でなければ、今度セラフィ妃と会わせていただけませんか？　この国に住まわせていただけるお礼を申し上げたくて。ヴィンスさんにもぜひ。俺、占星術師にはお会いしたことがないので、ご挨拶がしたいです」

「わかった。父上と一緒に城へ戻り次第、引き合わせよう。……美しい方だが、胸の奥に鋭いナイフを隠し持っている。気をつけろ」

「はい」

ヴィンスがひとの機微《きび》を読むのがうまいなら、奏歌が計画を阻もうとしていることがばれるかもしれない。しかし、怯んでいる暇はない。

未来を変えてしまうことになっても、キールを助けたかった。

たぶん、それが奏歌がこの世界にやってきた理由なのだろう。

悲劇の物語をハッピーエンドに変えること。

誰が願ったことなのかわからない。この世界の神なのか、それとも、キールたち登場人物の無意識の願いなのか。

奏歌にとっても、ここがもうひとつの故郷になったいま、生きていきたい。そのためなら、危険を冒《おか》すことになってもいい。

それが、自分の役目だ。

6

北の国ハルドラを訪問しているというセラフィ妃たちはなかなか戻ってこなかった。

キールに理由を訊いてみると、大切な話は首尾よく終わったものの、向こうで歓待を受け、滞在が延びているという。

『あちらは雪が降り、どこもかしこも白く美しく染まる。その光景と、冬国ならではの美味に継母は夢中なんだ。今回も、あと一か月は帰らない』

『国の施策に差し支えないんですか?』

『私の有能さは見込まれているからな』

皮肉交じりに笑うキールを見つめ、奏歌は口をつぐんだ。想像以上に、親子仲はこじれているらしい。

自分にもなんとかできないものかと思惟を巡らせながら夕暮れの庭園を歩いていると、かつてキールと話し込んだ四阿に人影を見つけた。

赤い陽がゆっくりと陰っていく逢魔《おうま》が時《とき》。そのひとが男か女か一瞬判別がつかない。ほっそりとした身体つきと長い髪の持ち主だが、女性にしては身長が高く、引き締まっている。

足音を忍ばせて近づくと、そのひとがふと振り向いた。

「──奏歌様、でしょうか」

「は、はい」

突然名前を呼ばれ、ぴんと背筋を伸ばす。

いま耳にしたのは、艶のある男性の声だ。

ベンチに腰かけていた彼はすっと立ち上がり、歩み寄ってくる。夕陽で彩られた相貌は、形容しがたいほどに美しい。妖《あや》しい切れ長の目に形のよい鼻梁《びりょう》とくちびる。黒い髪をひとつに束ねた彼は奏歌の前に立ち、微笑みかけてきた。

「お目にかかりたいと思っておりました。ヴィンスと申します」

「ヴィンス、さん」

キールが口にしていた占星術師だ。

頬をこわばらせる奏歌に、宵闇に溶け込む深い紺のローブを身に着けたヴィンスは顎に手を当て、可笑しそうに肩をすくめる。

「私に関して、あまりよい印象を持っていませんね？」

「そんなことはありません」

「ふふ、隠し事が苦手とお見受けしました。──まあ、そのほうがいろいろと事を運びやすいのですが」

低く笑う占星術師は目を奪われるほどの美貌だが、まるで信用できない。キールからさまざまなことを聞いていたせいもあるが、実際に会ってみて、うさんくささしか感じられないのだ。

よからぬ企みを胸に秘めた者くらい、見分けがつく。だてにブラック企業で揉《も》まれていない。

それでもこれ以上感情をあらわにしたら疑われる一方で、ヴィンスも警戒してしまう。

うまいこと彼に近づき、腹黒い計画を潰さなければ、キールが殺される。そして、セラフィ妃を通して、ヴィンスがこの国の実権を握るのだ。

そんなことはさせない。嘘みたいに綺麗な顔を見つめ、胸の裡《うち》で誓いを立てた。

自分ごとき非力な者になにができるかわからないが、ここでヴィンスを阻まなければ、キールも、ニイナも、そしてナサたち城の者も暗雲に呑み込まれる。

ここに迷い込んだときからよくしてくれた彼らを失いたくなかった。元いた世界から弾かれてしまった自分には、もうここしか居場所がないのだ。

「素晴らしいお力がある占星術師だとお噂はかねがね。アルストリアの行く末はもちろんのこと、ひとの未来も見通せるのですか？」

「ええ。そのひとがどんな生き方をして、どう死ぬか。私には手に取るようにわかります」

ヴィンスは穏やかに微笑む。一見、親しみやすそうだ。だが、そのこころには凍てつく冬の北国よりも真っ白な雪が降り注いでる。もしかしたら、どんよりとした薄暗い雲も浮かんでいるのかもしれない。微笑むくちびるに、油断ならないものを感じる。

注意深く窺うと、ヴィンスは冷え冷えとした目をしていた。笑っているのは口元だけで、深い瞳にはちらりとも感情が浮かんでいない。

自分には考えつかないような闇を抱えている。

そう感じて、顔を引き締めた。

占星術師と騙《かた》りながらそのじつ、人心掌握《じんしんしょうあく》に長《た》けているだけだ。酷な生き方を果たす中で、

ヴィンスは他人の顔色を窺い、相手がなにを求めているか鋭敏に感じ取ることができるのだろう。セラフィ妃の歪んだこころを読み解き、彼女を操ることで、ヴィンスは来し方に復讐しようとしているのだ。故郷を追われ、ひとり国中をさまよった恨《うら》みがどんなものか、奏歌にも想像がつかない。

感情を探らせまいとする奏歌の顔を、冷徹な視線が探る。

隙を見せたら食いつかれる。ぐっと息を呑む奏歌に、ヴィンスはゆっくりと顔をほころばせた。

「お話しできて嬉しゅうございました、奏歌様。今日のところはこれで失礼いたします」

「大切なお時間を割《さ》いていただいてすみません」

「いいえ、キール王子のお気に入りには私も興味がありましたから。考えていることをすべて顔に出してしまうなんて予想以上に可愛いひとですね」

「……っ」

「それでは」

澄ました顔で去っていくヴィンスの背中を無言で見送った。

すこしでも侮《あなど》ったら負かされてしまう。――キールを殺されてしまう。

どういう手を取ればヴィンスの暗い夢想を断ち切れるのか。

7

王とセラフィ妃の帰りを待ちわびる日々の中、奏歌はできるだけこの国に馴染もうと努力を重ねた。

もう二度と森で迷わないように時間を見つけては外出を繰り返し、土地勘を叩《たた》き込んだ。

キールやナサに頼み、剣や弓の稽古《けいこ》もつけてもらった。こちらはそう簡単に上達しなかったが、しないよりはましだ。

奮闘したのが毎日の食事だ。

朝、夜と豪勢な食事が並ぶ席にキールやニイナの姿はない。彼らは王族だから、家族だけで特別な部屋で食事を取るのだ。

昼食がないぶん、午後のお茶がある。香りよいお茶と一緒に焼き菓子や冷やした果物も出るので、ほどよく腹をふくらませることができた。

自分はというと、ナサに世話をしてもらい、テーブルマナーのナイフやフォークの扱い方を一から学んだ。元いた世界でも洋食は当たり前に食べていたものの、銀の器《うつわ》に張った水で指を洗ったり、食前に果実酒を飲んだりすることに慣れていなかったので、最初の頃は毎回間違ったナイフとフォークを選んでしまい、ナサにそっと指摘してもらったものだ。そのたび羞恥に顔を赤くしたが、こんなことでいちいち落ち込んでいたらヴィンスを止めることなどとてもできない。

「キルコのスープ、美味しいですよね。作ってくださった方にお礼を言いたいです」

とろりとしたスープを綺麗に飲み終えたその朝も、まだ熱い目玉焼き料理を口にした。ソーセージのような筒型の肉も美味しい。

どんな動物の肉かとナサに訊いたところ、『カリアンという赤い鳥ですわ。身がほどよく引き締まって、このあたりで獲《と》れる鳥の中ではいちばん美味しいんですよ』と教えてもらった。

給仕してくれたナサが空になったスープ皿を取り下げる。彼女の向こうで、まぶしい朝陽が輝いていた。

いま頃、キールたちはまだ眠っている。彼らが起きだす前よりもずっと前にナサたち使用人がいっせいに食事を終え、次に奏歌のような客人がそれぞれの部屋で食べ始めるのだ。

「毎回すみません。俺もなにかお手伝いしたいんですけど、どうでしょう」

「なんのためでございますか」

「お世話されているだけでは申し訳なくて。俺が役立ったのって、最初の頃、ニイナ姫のドレスを繕ったときだけですし」

ニイナにはたいそう喜ばれた。『また破いたときには奏歌様にお願いしますわね』と嬉しそうに言う妹姫の頭をこつんと叩くキールも、どことなく可笑しそうだった。冷静な彼だが、年下の妹には甘いらしい。

『私からも礼を言う。なにかしてほしいことはあるか？』

そう聞かれ、『とんでもありません』と慌てた。こんなことで喜んでくれるならもっとほかにもなにかしたい。住む場所にも食べ物にも困らないのは、ひとえにキールが寛大なおかげだ。彼が見捨てないでいてくれるから、奏歌は夜露に濡れずにすんでいる。

「キール様たちにはお礼をしてもし足りないです」

「あなたはキール王子の大切なお客様です。ゆったりとお過ごしになればよいのに」

「でも、ナサさんも俺みたいな立場になったら退屈でしょう？　……いえ、べつに、いまの境遇にまったく不満はありませんけど」

急いで言い添えると、ナサは一瞬目を瞠ったあと、楽しそうに肩を揺らす。

「申し訳ございません。なんでもございません」

「変なこと言ってるなって俺も思います」

奏歌も吹き出し、「俺の食事はもう終わりましたし、よかったら一緒にお茶でも飲みませんか？」と誘ってみた。

「奏歌様と？　ですが私は一介の使用人です。それにこのあとはキール王子たちのお食事を用意しないといけませんし」

「なら、俺も厨房でお手伝いさせてください。こう見えても皿洗いは得意ですよ」

胸を張る奏歌に、ナサは再び口元をゆるめる。

「そんなことをさせたとキール王子に知られたら、私が叱られます」

「でも、なにかさせてください。このままじゃ落ち着かないんです。接待されるばっかりなのって慣れてないし」

「ですが……」

「お願いします。あ、あ、もう、こうしているうちにキール様が目を覚ましてしまいますよ。急ぎましょう」

ナサの手から銀のトレイを奪い取り、急いで空になった皿を載せていく。その様子にナサは呆《あっ》気《け》に取られていたが、奏歌の指摘どおり、キールがそろそろ目覚める頃だと気づいたのだろう。ぱたぱたとテーブルを片付け、「もう」と頬をふくらませて奏歌の先を歩きだした。

「今日かぎりですよ。厨房にお客様を通したと知ったら、キール王子もお怒りになります」

「そのときは俺だけ怒られます」

鉄面皮《てつめんぴ》をかぶるキールが眉を吊り上げるところを想像したら、さすがに肝が冷えるが。

かしゃかしゃと食器を鳴らしながら明るい廊下を抜け、城の隅にしつらえられた階下へと続く階段を下りていく。

ここに来て約一か月半。いままでは自分の存在を怪しく思われないためにほとんど部屋から出なかったので、視界に映るすべてが新鮮だ。

「綺麗なお城なんですね……」

中世の古城のようだ。華美になりすぎない城内は、しかしあくまでも一市民の奏歌から見た場合、なんとも豪奢に映る。煉瓦造りの城の内部は広々として、開放感がある。キールたち王族の居室はもっとゆったりと、もっと優美なのだとナサが道々教えてくれた。

城の中は想像以上に広く、パン屑《くず》でも落としていかないと迷子になりそうだ。

「奏歌様、そこの扉を開けた先が厨房です」

「わかりました」

細い廊下の突き当たりにある鉄製の扉を押し開けると、むわりとした湯気といい匂いが一気に押し寄せてきた。白いもやを手で払いのけるのと同時に、「ナサ！」と太い声が聞こえる。

「おう、待ってたぞ。皿をよこしな、洗っちまうから。今日はあの不思議坊ちゃん、ずいぶんゆっくり食事してたんだな。寝坊でもしたか」

快活な男の声に驚いていると、ナサがひょこりと傍《かたわ》らから顔を出し、「ここにいらっしゃるのが『不思議坊ちゃん』ですよ」と男に声をかける。

両手にトレイを持って流しに向かいかけていた男が肩越しに振り返り、ぎょろりと目を丸くした。もじゃもじゃした眉の下には茶色の目が輝き、でんとした鼻が特徴的だ。白い帽子をかぶり、何度も水にくぐらせたらしいコックコートを身に着けた逞しい男は奏歌をじろじろ見回し、「ほうほう」と歌うように言う。

「あんたが噂の坊ちゃんか。これは光栄だな。厨房までどういう用件だ」

「水澄奏歌と申します。……坊ちゃんって俺のことですよね」

なんとも言いがたいあだ名だが、もっとひどい言われ方をされていてもおかしくないのだと思うとこれはこれで結構面白い。

「それ以外の誰だ。あんた、あれだろ？　キール様が予言の間で見つけたっていう」

「そう、みたいです。俺にその記憶はないんですが」

再びぎょろりとした目を向けられ、首をすくめた。叱られるんじゃないかと怯《おび》えたのだ。

しかし、男は次の瞬間、頭を反らし、「はっはっはあ！」と砲弾のような豪快な笑い声を放った。

「小動物みたいな奴じゃないか。そう怯えるな、取って食うわけじゃない。俺は料理長のロイだ。

奏歌、よろしくな」

「は、はい、よろしくお願いします」

見た目以上に話しやすいひとだとわかったら、肩の力が抜けた。

「それで、どうした？　厨房に手を洗いに来たんじゃないだろ？」

「あの、俺もなにかできたらと思って。ずっとお客様扱いなのは申し訳ないですし、こき使ってください」

ナサにしたのと同じことを申し出ると、ロイも彼女と似た反応を見せる。肩を揺すり、可笑しそうだ。

「坊ちゃんはお茶でも飲んでのんびりしていたらいいだろうに。俺があとで美味いケーキを焼いてやるぞ」

「それ、俺も一緒にできませんか？」

「あんた、ケーキを焼いたことがあるのか」

「ケーキはないですけど、自炊の経験はあります」

「へえ、火を扱わせたらたちまちやけどしそうなのに」

ずけずけ言われたが、悪い気がしないのは、ロイの声がからっとしているためだろう。裏表のないひとだと微笑み、シャツの袖をまくり上げた。

「とりあえず、自分のぶんだけでもお皿洗っちゃいますね。食事、美味しかったです」

「そりゃよかった」

相好を崩すロイは奏歌にトレイを持たせ、「向こうが洗い場だ」と教えてくれた。

「洗い物が終わったら、キール様たちの朝食作りにちょっとつき合ってもらおうか」

「ぜひぜひ」

さすが一国をまとめる王が住まう城だけあって、厨房は奥が見えないほどに広い。いったい何十人の男女が働いているかわからないが、皆、持ち場できびきびと手を動かしている。

洗い場に着いた奏歌は隣り合った下働きの若い男に教わりながら水で皿を洗う。ここには給湯器というものはないだろうから、いまの時期はともかく、冬場の水仕事はさぞ手がかじかむだろう。

手際よく皿を洗い終え、あたりを見回す。「料理長はどこですか」と周囲に訊き、奥に向かうと、火の点いたかまどの前にロイたちが立っていた。吊り下げた鍋に挿し込んだ木のおたまからスープを小皿に移し、慎重に味見している。

奏歌が隣に来たことに気づくと、ロイが小皿を渡してきた。素直にひとくち確かめ、「美味しいです」と返すと、くっくっとロイが笑う。

「あんた、いいところの育ちだろう。疑うことなく味見するなんてな。俺がひそかに毒を盛ってたらどうする？」

「え、毒？　そうか……俺、うさんくさいですもんね」

そう簡単に受け入れてもらえないよなと肩を落とす奏歌に、ロイは面白そうに顎をひくつかせる。

「いやいや、いい度胸だ。気に入ったよ。坊ちゃん――奏歌だったな。そこの焦げ茶の実を取ってくれ。ナイフは使えるか？」

「使えます」

「なら、この鍋に実の皮をそぎ落としてくれ。うまく溶けるように細く」

「熟した中身を食べるんじゃないんですね」

「そっちは煮込むと苦くなるんだ。その代わり、砂糖漬けにすると美味い保存食になる。キール様たちが狩りに行かれるとき、よくお持ちになるんだ」

場所が変われば食べ物も変わる。赤い実は、サシュアーヌの実だと教えてもらった。森の中、日陰でしか見つからないめずらしい食物だと、いつの間にか隣に来ていたナサが丁寧にアドバイスしてくれる。

「ロイさんがアルストリア城にいるすべての方の食事を調えるんですか」

「おうよ！　俺の家は代々、この城に使える料理人なんだが、料理長になったのは俺が初めてなんだ」

「そのことをロイさんはなによりも自慢に思っていて、思い出したように『料理長の俺が仕込んだ今日の一品は』なんて言うんですよ」

聞き飽きたとでもいうようにナサが肩をすくめる。

「料理の腕が確かなのは私も存じておりますが、仕事中のべつまくなしに喋るのはどうなのでしょう」

「それもひとつづき合いのうえでは大事なこったよ。ナサだってお喋りなくせに。仕事中ここにこっそり息抜きに来てることをキール様が知ったらどうなるか」

「だめです。内緒にしておいてください」

慌てるナサが視線を投げてきて、奏歌も首を横に振った。

「ナサさん、ほんとうによくしてくださってるんですよ。いつ寝てるんだろうって心配になるくらい、朝から晩まで」

「ほんとかい？」

「ほんとうです」

胸を張る奏歌の横で、ナサがくすりと忍び笑いを漏らす。

出会った頃から朗らかに接してくれたナサとは日に日に信頼関係を築き、いまではすっかり気の置けない仲だ。

いつ会っても文句のつけようがないくらいに清潔で、薄化粧にとどめているその頬には可愛らしいそばかすが散っている。にこりとナサが笑うたび、頬のそばかすがアクセントになって、彼女をますます快活に見せる。

「さて、次はたまご料理だ。キール様は裏がちょっと焦げたくらいの片面焼きがお好きなんだ。加減が難しいから今日は俺がやる。奏歌、浅鍋をひっくり返すタイミングを覚えておけよ」

「わかりました」

ロイの手つきを真剣に見守り、見事な目玉焼きが皿に盛りつけられたら、ナサと一緒にスライスしたパンを火であぶる。

「パンは前もってタネをまとめて捏《こ》ねておくんですか」

「ああ。なにせこんなに大きい城だ。アルストリア家の方々をはじめ、みんな協力し合って食事の時間をずらしてくれるけど、それでも朝五時頃から九時頃までには全員食べ終える。王族の方の人数は把握しているが、食料庫や飼い葉小屋に出入りする者まで数えたらきりがない。街から通いで来ている者もいる。そういう奴は家で食べてくるんだが、ナサや俺のように住み込みの者も多いからな。一日二食を用意するのは慣れていても結構大変なもんだ」

「献立《こんだて》で迷いません？」

「そりゃもうな。一年三百六十六日、同じものは提供しない。うっかり忘れないように日々の献立はちゃんと記録して、次の代に引き継ぐんだよ」

「すごい。さすがですね。……ん、いま、一年三百六十六日って言いました？　三百六十五日じゃなくて？」

聞き間違いかと首をひねると、ロイとナサは一緒になって「いやいや」と手を顔の前で振る。

「一年は春夏秋冬、三百六十六日ある。坊ちゃんがいた場所とは違うのか」

「俺が元いた世界では、三百六十五日だったんです」

「ここでは、一年のうちのどこかに『空白』と呼ばれる一日があります。どの日かは、その年の暦《こよみ》が出るまではわかりません。空白の日は国中が静まり返り、特別な時間を待ちます」

「どんな時間ですか？」

秘密めいたナサの口調に引き込まれた。

「以前、奏歌様もキール様たちからお聞きになったかと。あの方たちの瞳は、『明けの明星からこぼれ落ちた奇跡』であると。空白の日の夜明け、みんな夜明けの東の空に星を見つけて願いを託すのです。どんな願い事も叶うといわれていますよ」

「伝説じゃないんですね。ほんとうに、なにかこぼれるものが見えるんですか？」

「奇跡ですから、そう簡単には。明けの明星はちゃんと見えますが、そこからこぼれる奇跡はここ数百年は見えないままといわれています」

想像するに、星からこぼれ落ちるなにかが、キールを死から救う薬なのかもしれない。やはり実在しているのか。

「へえ……俺も見てみたいな」

キールの瞳と似ていて、夜を惜しむかのような深い紺色から、ひばりとともに朝を呼ぶ艶やかな紫へと色を変える空を目にしたら、虜になってしまうに違いない。

陽が昇る先は暖かなピンクからオレンジ色に染まり、薄くちぎれた雲を夢のように照らすのだろう。その空の端に引っかかる明けの明星からこぼれ落ちる奇跡とはどんなものなのか。

奇跡が輝くのが夏ならば大気が熱で満たされる寸前の暖かなやさしいルビーで、冬の空なら息も凍りつきそうな冴えた群青色《ぐんじょういろ》に縫い止められたダイヤモンドだ。

そこから生まれるしずくならば、かならずキールを救えそうな気がする。

「奏歌様だったら、元の世界に戻りたいと願いますか?」

どんどん仕上がる料理を皿に盛りつけていくナサの問いかけに「いえ」と返し、次の皿を渡す。

「この世界での俺の居場所を見つけられますように、かな……」

「まあ」

目を開くナサは、しかし真面目な表情だ。

「そんなことおっしゃるなんて」

「おかしいでしょうか」

どきどきして訊ねると、ナサがなんでもない顔で皿を受け取る。

「奏歌様の居場所はここではありませんか」

「ここ?」

――キール王子のいるアルストリア国ですよ、と言われたら、しんみりしてしまう。『不思議坊ちゃん』なんて妙なあだ名で呼ばれる場所で暮らすことも悪くないかと思ったのが顔に出ていたのだろう。

「いま奏歌様がいらっしゃるのは厨房ですよ。ほら、そろそろキール王子たちがお目覚めになる頃です。私たちも急がねば」

笑いを滲《にじ》ませた声にぽかんとしたが、次には奏歌も「ですね」と元気よく頷いた。

ひとりでいると湿っぽくなりがちだから、はつらつとしたナサがそばにいてくれると助かる。

「キール様とニイナ様たちは皆さん一緒に食事を取るんですか?」

「お夕食だけ皆様、大食堂にお集まりになります。朝はそれぞれお部屋で召し上がることになっています。ここだけの話、キール様は朝にとても弱いので」

「なんか意外ですね。早朝に起きだして馬でひとっ走りするくらいの方に見えていました」

「ふふ。では、今朝は奏歌様が給仕してみては?」

勧めてくるナサに「喜んで」と笑い、手順を教えてもらった。

トレイいっぱいに載った食事を城の二階奥の部屋まで持っていく。南向きにあるキールの部屋に入ったら薄闇の中、重たいトレイをテーブルに置く。それからすべてのカーテンを開け、窓を開いて朝の空気を入れる。

奏歌が住まう部屋とは比べものにならないくらいに広い居室だ。

何枚もの窓にかかるカーテンを片っ端から開けていき、寝室に続く扉を大きく開いた。中からなにも聞こえてこない。

大丈夫だろうかとそっと近づくと、ふんわりした毛布を顎まで引き上げたキールが熟睡しているのが見えた。

丸めた身体を横向きにして深く眠り込んでいる姿は子どもみたいで、ちょっと意外だ。目を覚ましているときのキールは凜《りん》としており、どこからどう見ても王子然としているが、ひとりのときはこんなにも無防備になるのだ。

起こしたくないなと思いながらも、部屋の隅に置かれた四角い石造りの振り子時計が八時を指しているのを見て、軽く肩を揺すった。

「キール様、おはようございます。朝です。そろそろ起きられてはいかがですか」

「……ん……」

完全に寝ぼけた声だ。ゆさゆさと肩を揺すぶっても一向に起きる気配がない。ナサが言うとおり、朝に弱いようだ。今度ははっきりした声で「おはようございます」と呼びかけたが、キールは頭の下から枕を引っ張り出して顔にかぶせてしまう。

「もう」

往生際が悪いなと吹き出した。枕にしがみつく指を一本ずつ剝《は》がし、「おはよう、ございます、キール様」と耳元で囁いた。

「……なんだ……」

「もう朝ですよ。起きてごはんを食べないと」

「いらない」

「いけません。ほら、起きましょう。ロイさんが美味しそうな朝食を作ってくれましたから」

身体にかけた布団を引き剝がそうとすると、長い腕が伸びてきてぐっと布団ごと抱き込まれた。

「……キール様！」

「ねむいといっただろう……もうすこしだけ……」

ベッドに引きずり込まれ、唖然《あぜん》としてしまう。

低く掠《かす》れた声はどうかするとたまらなく色っぽい。胸が高鳴るのを感じながらしばし身体をこわばらせていた。

どうしていいかわからない。

暴れるのも失礼な気がするし、だからといってずっとおとなしくしているわけにもいかない。

すっぽりと抱き込まれることで、こんなに広い胸をしているんだなと初めて知った。薄い寝間着を通して規則正しい鼓動が伝わってくる。キールが深く息をするたびに身体を抱き寄せられ、ますます胸の鼓動が駆けだす。

頼りがいがありそうな胸に頭を預けて瞼を閉じると、心地好い温もりにふわりと包まれてこっちまで眠気を催してくる。

「あの、キール様……起きないと」

「……」

ぬいぐるみのように力を抜いて抱きついてくるキールは穏やかな寝息を立てている。釣られて眠り込んでしまいそうで、慌てて揺り起こした。

「キール様。……キール様ったら、朝ごはんが冷めますよ」

「……うるさい」

言うなり、キールがふいに強く抱き込んできた。危ういまでに顔が近づき、睫毛《まつげ》が触れそうなほどの距離で息を詰めると、キールがぱちりと瞼を開く。

「……奏歌……？」

「はい」

「おまえは……」

「……はい」

そっと頬を撫でられ、背筋がぞくりとわななく。

必死に抑え込んでいたときめきがぶり返しそうだ。

アルストリアでの日々に慣れようと懸命になっていた中、欲情が湧き上がるたび懸命に封印してきたが、すこしずつ、おかしな気分になってくる。

アルファである彼とオメガである自分が静かな部屋の中にふたりきり。熱を帯びないほうがおかしい。

蕩《とろ》けそうな微笑みとともにキールがくしゃりと髪をかき混ぜてくる。しっかりと抱き込まれて頬ずりされ、口から心臓が飛び出そうだ。

「可愛いな、おまえは」

「……え」

「可愛い……ずっと抱き締めたくて……」

冷たく整った相貌から甘い言葉が飛び出すとは思っていなくて、目を瞠った。

手足を絡みつけられ、くちびるが頬に触れる。

繰り返し押し当てられる熱い感触が身体の最奥に火をともし、身動きが取れない。取りたくないのかもしれなかった。

このまま逞しい身体に身をゆだねてしまいたいほどの蠱惑的な体香には、せっけんとやさしい花の香りが交じっていた。わずかに汗の匂いが混じっているのも肉感的で、キールがひとりの男なのだと実感させられる。

すん、と鼻を鳴らすのが聞こえたのだろう。寝ぼけた顔でキールはゆるく笑い、額《ひたい》にもくちづけてくる。

「夢か……これはそうだな……夢だ。初めて目にしたときから……おまえに夢中になって……いつかこうしたいと思ってた……」

日頃の冷ややかさが嘘のようなやさしい声に、頭がくらくらしてくる。

強引にされないのは、キールが真の紳士だからだろう。それがかえってもどかしいと思うのは自分が淫《みだ》らなのだろうか。刻々と昂る熱に負けそうだ。

こっちに来てからあまりにも日々はめくるめいていて、体調を気遣うのも忘れていた。

いつもだったら三か月ごとの発情期を登録したスマートフォンのアプリから通知が来るのだが、時空を超える間に文明の利器はどこかへと消えてしまった。

次の発情期にはまだもうすこし間があるような気がするのだが、キールに触れられるとどうしたって肌は疼き、感じやすくなる。

頤《おとがい》をつままれ、くちびるがやさしく重なってきた。一瞬彼の胸を押し返そうとしたが、おずおずと奏歌も抱きついた。

欲情に呑み込まれているだけかもしれないけれど、純粋な好意もあった。

自分だってもっとキールが知りたい。一見近寄りがたい雰囲気だったのに、いまこうして強く抱き締められるそのギャップにどうしたって惹かれてしまう。

「……キール様……」

角度を変えて重なるやさしい熱に脳内まで蕩ける。冷静で理知的な表情がつねであるキールがこんなにも繊細なキスをするなんて思わなかった。

これが生まれて初めてのキスだからほかに比べようがないのだが、キールの寝間着にきゅっと皺を刻み込んでしまうほど心地好いのは確かだ。

ちろりとくちびるの表面に舌を這わされ、ぞくぞくするような快感がこみ上げてきて思わず呻いた。

喉奥から漏れ出る声は色香に掠れて、自分でも恥ずかしい。

なにも知らないくせに飢えた声を出すなんてとおのれを咎めるが、するっと頬を撫で上げる指が未熟な欲情を暴き立て、じっとしていられなかった。

身体がつたなく揺れたことに気づいたのだろう。キールの骨っぽい手が腰を強く摑んできたことで、ねだるような声を響かせながら彼に擦《す》り寄った。

れろりと舌がもぐり込んできて疼く口内を舐《ねぶ》り回し、奏歌も夢中になって応えた。擦り合わせる舌から唾液《だえき》がとろとろと伝ってきて、思わず喉を鳴らす。

「顔を合わせたときからおまえは蠱惑的な香りを漂わせていた。いままでに嗅《か》いだことのない、特別な花の香りみたいだ」

「そんなに匂いますか」

肩口に鼻を近づけてくんくんと嗅ぐと、キールが可笑しそうに肩を揺らす。

「そうではない。とてもいい香りだ。この私がぐらつくような……理性を試されるような」

「……あの」

紫の瞳にじっと魅入られ、心臓が早鐘を打つ。無意識に胸に手を当てると、キールが再び顔を寄せてきた。

「おまえは凛としていて、可愛い」

「――俺が？　冗談です、よね？」

王子たる者が素性の知れない自分を可愛いと言うなんて。「からかってますよね？」と言葉を重ねてしまう。

しかし、キールは真剣な顔だ。

「私は冗談でこんなことをする男じゃない。おまえは、私の運命の番だ」

これにはさすがに絶句してしまった。

確かに、互いが運命の番だったらいいのにと一方的に思っていた。それが、まさかキールも想いを寄せてくれていたとは。

自分だけではなく、キールも運命を感じていたのだと思うと、たちまち頭の中が熱く締め付けられる。

「あなたが俺の……番？」

「そうだ」

アルファとオメガがこころから惹かれ合う関係を、運命の番と呼ぶ。目と目が合い、魂が強く惹かれ合うとき、アルファとオメガはほかの誰とも違う関係を結ぶ。

恋でもなく、愛でもない。もっと深くて、もっと純粋な結びつきを欲するアルファとオメガは目に映した相手が特別だと知ったとき、それ以外は考えられなくなる——と聞いたことがある。

彼がそうなのか。時も場所もなにもかも超えた先で出会ったキールが運命の番なのだろうか。

すぐにそうだとは呑み込めず、ただばかみたいに彼を見つめた。

「でも……あなたは王子で……俺なんか、どこの馬の骨とも知れないのに」

「私の目を疑うか？　確かに温室育ちの王子かもしれないが、それなりにひとを見る目は鍛えてきた。他国とも折衝してきたから、そばに置いて恥ずかしくないぞ」

「そうじゃなくて。あまりに立場が違いすぎて申し訳ないというか……国王にもまだご挨拶してないのに叱られます」

「そんなことはない。王妃はともかく……父上は私を信頼してくれている。おまえのこともきっと気に入る」

頬を親指で擦られる間も、視線をそらせなかった。

「……ほんとうに……運命の番なんでしょうか」

「疑うか？　もっと前に話し合いたかったのだが、自分の恋情を優先してもいいのか悩んでいたら、いたずらに時が過ぎた」

恋情という熱っぽい言葉に頬が熱くなる。

体香が鼻腔をくすぐるくらいに身体を寄せてくるキールにどぎまぎし、無意識のうちに逃げ出そうとしたが、ぐっと肩を摑まれた。

「逃げるな奏歌。もうすこしだけそばにいてくれ」

「キール様……」

「奏歌に触れたい。いやか」

危ういほどにくちびるが近づき、ちいさく首を横に振った。

いやではないし、だめでもない。

ただ、いいのだろうかと迷いが生じる。

自分はまだ、この世界の住人だと胸を張って言える状況ではないのに、キールに惹かれてしまっていいのか。

惑いは彼にも通じたのだろう。苦笑したキールがさらりと髪を撫でてきて、「すまない」と呟く。

「困らせているな」

「……いいえ」

「すぐに解放してやる。その前に、ちょっとだけ目を閉じてくれるか？」

「わかりました」

おとなしく従い、瞼を閉じた。髪を撫でてくれるのだと思ったのだ。

くちびるを指の腹でじっくりとなぞられ、背筋を震わせた。ただ指が触れているだけなのに、ひどく気持ちいい。

「……っ……」

瞼をぎゅっと閉じると、可笑しそうな笑い声が聞こえてくる。

「敏感だな、奏歌は」

「……キール、……様……っ……」

吐息がこぼれた瞬間、前よりもっと淫らにくちびるをふさがれた。

「……ッ……」

官能的な熱に目眩《めまい》がしてくる。しっかりとくちびるを重ねられ、うずうずと吸い取られた。

「おまえを教えてくれ」

「……ん……」

上擦る声とともにこくこくと頷く。

アルストリアにやって来て、そしてキールを知り、いまは運命の番であることを奏歌に刻み込むかのようなくちづけに翻弄されている。

「っ……ぁ……」

ちゅくりと甘く吸われる心地好さに浸り、彼の広い胸に両手をあてがった。初めての想いを異世界の王子と交わすことになろうとは。

元の世界に未練はない。そもそもブラック企業勤めだった。家族ももういない。駅の階段から転げ落ちたことで一度は死に、何故ここでよみがえったのか定かではないが、くちびるに感じる熱は本物だ。

くちゅりと肉厚の舌が挿《はい》り込んできて、身体が跳ねた。無様なまねは晒したくないのだが、もう一度口内を探ってくる舌には抗《あらが》えず、身体の芯を甘く疼かせる。

未知の快感に喉奥から声を漏らすと、キールが下肢に手を這わせてきた。

「硬くなってる」

「ん、ん……っあ……」

他人の手を感じるのも生まれて初めてで、めくるめく快楽と羞恥で頭がどうにかなりそうだ。

奏歌のそこを器用にくつろげくる長い指が下着越しに擦ってきて、熱い塊《かたまり》がむくりと跳ねる。

同時に下着の中に骨っぽい手がもぐり込み、しっかりと芯を捕らえられ、声を失った。

「ッ……ん……！」

大きな手の中でびくびくと脈打つ肉茎に身体中の血液が集中していくのがわかる。頭の底がかっと熱くなり、ゆったりと扱《しご》かれるたびにちいさく喘いだ。

「……っぁ……あぁ……だめ……っ」

「こんなことは初めてか」

「ん……はい……」

「気持ちいいか？」

「……いい……いい……すごく……」

陶然《とうぜん》となる奏歌にキールは楽しげに笑い、したたり落ちる蜜を助けにぬちゅぬちゅと扱き始めた。布団をかぶっていてもはっきりとわかる淫音に手足の先まで火照《ほて》ってしまう。

はしたなくよがりそうで怖い。キールが足を絡めてきたことで、ますます互いの身体が密着するのも気持ちいい。

「濡れてるじゃないか」

「……だって……っ……あ……あなたが……触る、から……」

息も絶え絶えに呟くと、キールが可笑しそうに笑い、くちびるを重ねてきた。

「……っふ……」

溶け合う舌と昂る下肢に翻弄され、あられもなく乱れた。もし、くちびるをふさがれていなかったら、部屋中に聞こえるくらいの声を響かせていたはずだ。

きつく舌をじゅるっと吸い上げられ、張り詰めるくらいに勃《た》ち上がった性器を巧みに扱かれて、あっという間に追い詰められていく。

「だめ……っだめです……！」

「達しそうなんだな。構わない。私の手の中に出してくれ」

「や……っだ……そんなの……そんなこと……したら……」

離れられなくなってしまう。

キールの手淫で蜜を放ってしまったら、もう彼のことしか考えられなくなる。

慣れない世界でなにかと親身になってくれた男に快感の手ほどきをされ、簡単に達してしまうほど自分は愚かなのか。相手は王子だ。自分とは違う、高貴な存在だ。

淫猥に舌を吸ってくるキールの艶やかさに気圧《けお》され、くぐもった声を漏らした。頭の中はもやがかかり、達することでいっぱいだ。

だめ、いっちゃう、と涙交じりに漏らすと、下肢をいたぶる手が一層激しく責めてきた。

ひと差し指でふくらみの割れ目をねちねちとこじ開けられて、そこから絶え間なく蜜がすべり

落ちていく。

ぴんと反り返る肉竿を根元から扱き上げられて射精感が募り、たまらずに背筋を反らした。

「もう……っも、……だめ……いく……いっちゃう……！」

「出せ」

「ん、んっ、あぁっ、あ――あ……あぁぁぁ……っ！」

身体を強くしならせ、最奥からどっと熱を放ってしまった。

「あっ、あ、は、あっ、あっ」

出しても出してもあふれてしまう。奥底が熱く空っぽになっても、身体の震えが止まらない。

こんなにも鮮やかな絶頂は経験したことがなく、視界が潤んだ。

「キール……さま……」

ほろりとこめかみを涙が伝い落ち、枕に染み込んでいく。

どうしてこんなに気持ちいいのか、うまく説明できない。もつれる舌をなんとか動かしてそう伝えると、キールがまなじりをほどいた。

「番である私に触れられたからだろう」

「……そう、なんですか……？」

「私以外の誰かが同じことをして、おまえは感じるのか？」

思わず首を横に振った。

絶対にない、そんなことは。

「……こんなふうになったのは、キール様、だから……」

「そうだ。たったひとりの番である私が抱いているからだ。おまえは感じやすくてほんとうに可愛い。もっと深いことをしたら、もっと乱れてくれそうだな」

「深い、こと……」

声を上擦らせながらキールを見つめた。その視線が彼を誘っているとも知らずに。

「そんな目をするな。私の理性がこれ以上崩れたら、おまえがつらいぞ」

そう言いながらもキールはなおもぐずぐずと触れてきて、蜜を搾《しぼ》り出す。ふくらみきった先端をきゅうっと握り込まれてまた軽く達してしまった。

弱々しく身体を波立たせる奏歌の顔中にくちづけるキールが、名残《なご》惜しそうに頬ずりしてくる。

「今日のところはここまでだ。綺麗にしてやるからすこし待て」

「……あ……」

ベッドから下りて別部屋に向かったキールが熱い湯に浸したタオルを持って、戻ってくる。固く絞ったタオルで身体の隅々まで清められる間、奏歌は両腕で顔を隠していた。

いま、みっともないくらいに真っ赤になっているはずだ。

「見せろ」

「……やだ」

子どもみたいにむずかるのが、我ながら恥ずかしい。

「見せてくれ」

隅々まで綺麗に始末したキールが顔を近づけてくる。落ち着いた声音は、いつもどおりの彼だ。

「気持ちよかったか？」

低い囁きに、こくんと頷いた。

「次はもっとおまえを感じさせたい。いいか」

迷った末に、もう一度頷いた。いやだと言うはずがない。

知らない快感が待ち受けていることに、身体が細かに震える。あれこれと想像をふくらませる奏歌に気づいたキールがちいさく笑い、額にキスを落としてきた。

「着替えよう。腹が減った」

「お世話、いたします」

「頼む。午前中の職務を終えたら、今日は身体が空く。すこし遠出をしないか」

「わかりました」

まだ痺れている身体をどうにか起こし、乱れた髪を手ぐしで直す。

次は、もっと。

耳の奥でこだまする声は、どこまでも悩ましい。

8

寝ても覚めてもキールのことを思い浮かべ、奏歌は熱い頬を手の甲で擦った。

真夏を迎えたアルストリアの朝は早い。

朝食作りに励むロイたちを手伝ったあと、自分のぶんをもらって彼らと一緒に食事を終えた。

城歩きにも慣れたこの頃ではナサの手を煩わせたくなくて、何度かひとりで食事を取っていたことをロイが気づき、『だったら俺たちと一緒に食堂で食おう』と誘ってくれたのだ。

城いちばんの早起きであるロイたちとの朝食は賑やかだ。

大勢の下働きたちとともにテーブルに着いて、できたての朝ごはんを食べながらああだこうだと話し合う時間は、ことのほか楽しい。

ナサたち召し使いはこのあとで食事を取るらしい。ざっくばらんなロイの気性に合わせたかのように下働きは皆話しやすく気さくで、突然現れた奏歌にもよくしてくれた。

「今日も奏歌がキール様に朝食を運ぶのか」

「はい、しばらく続けてほしいと言われました」

「えらく気に入られてるなあ、あんた。第一王子のアディ様と妹姫のニイナ様はたいそう人好きされる方だが、キール様はひとり違う。なにしろ石像のようなあの美しさを誇る御方だ。根はおやさしいが、一見して取っつきにくい方だろう。あまり笑わないし。どうやって親密になったんだ？　この城の中でもキール様のお近づきになれる者はすくないぞ」

「俺が予言の間で倒れていたのを見つけてくださったのが、キール様なんです。意識が戻るまで手厚く介抱していただいて、その後もいろいろと親切にしていただいて……すごく、いい方です」

噛み締めるように呟くと、隣に座ったロイはにやにやしながら肘をつついてくる。

「なんだよ照れちゃって。もしかしてキール様といい仲か？」

「もう、ロイさん！」

「照れるな照れるな。キール様はアルストリア一の美貌だ。おまえが惚れるのも仕方ない。アディ様にはお会いになったか？」

「まだ。床に伏せていらっしゃるのもあって、簡単には」

「アディ様は病に冒されていても生来の明るさを失わない、強い方だ。キール様とはまた違うお力がある。お目通りできる機会があるといいな。三きょうだい皆様、俺たちのような者まで気遣ってくれるほんとうにいい方々だ」

ロイに頷き、空になった皿を片付けることにした。

空腹を満たしたら、今度はナサたちのための食事作りだ。その後キールの起床時刻を待って朝食を運び、朝に弱い彼を起こす。

今朝も盛大に寝癖をつけている王子に笑いながら、ベッドに脚付きのトレイを置いて皿を並べた。

今朝はとろっとした黄身がいまにも流れだしそうな目玉焼きと、窯《かま》から取り出したばかりのほかほかのパン。温めた燻製肉《くんせいにく》に、とろみのあるスープ。新鮮な野菜をふんだんに盛りつけたサラダだ。

寝起きのキールは無言だが、朝食を半分食べ終える頃にはやっと目を覚まし、今日一日のおおまかな予定をそらんじる。

アルストリアの執政を一時的に代行しているキールの一日は分刻みで、詳細は彼の側近である宰相によって組み立てられ、朝食と朝の湯浴みのあと、伝えられる。

寝室を出たらキールは国王代理としての顔になる。だから、いまここで奏歌とふたりで過ごす間だけがごくわずかなプライベートだ。

「今日は夕刻まで忙しいが、そのあとは空いていらっしゃる。おまえも一緒に兄上の見舞いに行かないか」

「アディ王子に？　いいのですか？」

「兄上のお身体もだいぶ落ち着いていらっしゃる。前からおまえには会いたがっておられたんだ。兄上は私よりもめずらしいものがお好きな性格だぞ。おまえを連れていったら大喜びされる」

「そんな、珍獣扱いして」

くすくすと笑う奏歌に、キールも楽しげだ。肌を重ね合ったあの日から、より一層彼が近くなった気がする。

やわらかに微笑む彼を見るたび甘い感情が募る一方、かならずその身を守らねばという想いがこみ上げてくる。

いまのところ、ヴィンスの秘めたる陰謀について知っているのは自分だけだ。

元いた世界の小説のページをめくった先では、キールは毒杯によって命を落とすことになっている。いくら物語を盛り上げるためとはいえ、とびきりの美形に非業の死を遂げさせた作者を呪いたい気分だ。

ヴィンスの計画を先回りして、すべてをキールに打ち明けようかとも考えた。

占星術師の過去をはじめ、アルストリアに来ることになった経緯、セラフィ妃に取り入っている事実や、未来ではキールの毒殺を謀《はか》り、さらにはその家族までも手にかけようとしているすべてを。

だが、いくら運命の番でも、そこまで話して信じてもらえるとは思えなかった。

キールがヴィンスを疑っているとはいえ、国を乗っ取るつもりだと言ったらさすがに現時点では一笑に付すだろう。

ヴィンスの正体を明かすには、タイミングが重要だ。

——だけどほんとうに、俺にそんな大役が果たせるか?

自分にひとひとりの命を救えるほどの力がほんとうにあるのか。

その瞬間になるまでわからないが、自分がそこまでの英雄になれるとはみじんも思っていないだけにためらいが生じる。

キールを助けるということはこの世界の未来を大きく変える結果をもたらす。物語の最後のページをめくったとき、死んでいるはずの人物が生存している『ｉｆ』を作者が目にすることがあったら驚愕《きようがく》するかもしれないが、いまの奏歌にとってはここが現実だ。

こころを寄せたひとびとに生きていてほしい。

たとえ自己満足だとしても、キールたちに悲劇を味わわせたくない。人生を謳歌《おうか》してほしいのだ。

自分以外にキールを助けることはできないのだとわかっていれば、どんな場面で、どんな形で彼を救うのかいまはまだ摑めなくても、そのときが訪れたら迷わずに身を投じるだけだと言い聞かせた。

「奏歌、どうした。硬い顔をして」

「いえ、……すみません。なんでもありません。お食事はもういいですか？」

「ああ、満足だ」

「では、お下げします。俺は、午前の散歩をニイナ姫と約束しています。午後は騎士のどなたかに剣の稽古をつけてもらおうかな。夕方過ぎにまたここに来ればよいでしょうか」

「私が部屋まで迎えに行く。剣の稽古というと、ジュダが適任だな。騎士団長には私から話しておこう。次の剣闘技大会に出られるくらいの腕に仕込んでくれ、とな」

「無茶言わないでください……」

長剣を構えるのですらおぼつかないのに、腕に覚えのある騎士がそろう大会なんてとんでもない。青ざめると、キールは肩をすくめ、「私が相手になるのに」と笑う。

湯浴みに向かう彼を見送り、奏歌も自室に戻った。

散歩用のかろやかな服に着替えてニイナの元へ向かうと、太陽のような黄色のドレスを身にまとった愛らしい王女が出迎えてくれた。『王族や貴族は、一日のうちに何度も着替えますのよ』とにこにこと教えてくれたのは、この妹姫だ。

「奏歌様、あのね、兄上には内緒にしてほしいんですけど……」

「ああ、またドレス破いちゃいました？」

部屋に入るなり耳打ちしてきたニイナに囁くと、頬をふくらませた姫は、「なんでもお見通しなのね」とむくれる。それだってなんとも可愛らしい。

「任せてください。約束したではないですか、ニイナ姫の専属お針子になりますって」

「そうね！　奏歌様は誰より繕い物がお上手ですもの。今回お願いするドレスだって綺麗に繕ってくれますわね」

おてんば姫は一週間に一度はドレスを破き、こっそり奏歌に繕ってくれるよう頼み込んでくる。キールの前では澄ましているが、自分だってこの年頃はあちこち飛び跳ねていたと可笑しくなる。明るい薔薇色の頬をした姫にはなんの影も感じることなく、無邪気に過ごしてほしい。そう願っているのは自分だけではないはずだ。

フリルたっぷりの日傘を差しながら庭園を歩き、他愛ない話を楽しんだあとはまた自室に戻って服を着替え、今度は騎士たちが詰めている塔に足を運んだ。

キールの覚えがめでたいジュダは無口だが面倒見のよい剣の達人で、午後いっぱい、長剣を握ってふらつく奏歌にじっくりとつき合ってくれた。

またたく間に夕闇が広がり、一番星が光る頃、慌てて自室に戻って軽く湯浴みをしてから服を着替えていると、キールが迎えに来た。

「わざわざすみません」

「このくらい気にするな。おまえは私の番なんだ。許されるなら四六時中手元に置いて愛《め》でていたいんだぞ」

冗談とも本気ともつかない口調に顔を赤らめてうつむくと、ふと、キールの上衣のいちばん下のボタンが取れかかっていることに気づいた。

「そのボタン、糸がゆるんでますね。よかったらいま、繕いましょうか？」

「すぐにできるのか？」

「そのくらいなら。アディ様にお会いになる前にぱぱっと直しちゃいましょう」

「では、頼む」

上衣を脱いで手渡してくるキールを窓際のテーブルに着かせ、自分はその正面に腰を下ろす。

ニイナのために裁縫箱をよく使っていたから、こうした急ぎの場でもすぐに糸と針が出てくる。

青いボタンに合わせた糸を使って器用に取りつけていく様を、キールは不思議そうに見守っている。

「うまいものだな。誰かに教わったのか？」

「独学です。あまり裕福な暮らしではなかったので、服を破いたら施設の職員さんに頼むより、自分で繕ったほうが早いなと思って。見よう見まねで覚えました。元いた世界では、服も作ってたんですよ。といっても、シャツだけですけど」

「それでもすごいではないか。シャツなんて立体的なものを一介の者が作れるとは見事な才だ。店を出そうとは思わなかったのか？」

「そこまでの腕前ではありませんよ」

「でも、試してみればよかっただろう」

毒のない声音で言われ、――確かにそうだな、と思う。

裁縫が好きだし、いつかはアパレル業界に、とも夢見ていたが、あえなく挫折した。もっと貪欲に求めればよかっただろうに、店を持つことなんておろか、そこで働くことも自分にはもう無理だと決めつけ、就職の道も諦めてしまった。

踏ん張っていれば、元の世界でべつの生き方ができていただろうか。

「過ぎ去ったことを悔やんでも仕方がない。どうだ。ここでの暮らしに慣れたら、城下町におまえの店を出してみるか？」

「え、え？　そんな、大げさすぎます。俺が店長なんてすぐに潰れちゃいます」

「やってみないとわからないだろう。気にするな、金は私が出す。好きにやってみるといい」

過ぎた言葉に慌ててしまう。

資格も免許も持っていない自分が服を扱う店なんて任されていいのか。

考えるだけで緊張してくる。

「あの、とりあえずはこのボタンつけちゃいますね。で……一か月経ってもまだこれが頑丈についているようなら、そのときあらためてお話を伺ってもいいですか？」

おそるおそる様子を窺う奏歌に、キールは可笑しそうだ。

「明日にでも店を出すのに。わかった。おまえの気持ちが変わるのを待とう。――しかし、私自身は待たせないでほしい。いまも奏歌がほしくて落ち着かない」

低い声で囁かれた途端、ぶわりと全身が熱くなる。彼の声は身体の深いところに火を点けるようで、奏歌を情欲の炎で包み込む。

顔を真っ赤にしたことに気づいたらしいキールがくっと肩を揺らして笑いだした。

「もう、からかわないでください！　手元が狂います」

「悪い悪い、そう怒るな」

「……キール様もひとが悪いんだから。はい、できました。どうぞ」

綺麗にボタンを付け直した上衣を羽織らせてやると、キールはあちこちを確かめ、満足そうに頷く。

「すまないな。いつか、おまえの手で私の服も誂えてほしい」

その声は温かく、真面目なものだ。だから、奏歌も笑顔で頷く。

「しっかり腕を磨いておきます」


「兄上はあの陽当たりのいい塔にいらっしゃる」

広い空に向かって先端が鋭く尖る塔にいざなわれ、分厚い扉を押し開けて中に入ると、奥に薄い紗が垂れ下がる寝台があった。

「静かにな」と声を落とすキールに頷き、幾重にも重なる紗に近づくと、「おまえが奏歌か？」と弾んだ声が聞こえた。

「兄上、お身体の具合はいかがですか」

「今日はとてもいい。それより、奏歌を見せてくれ」

「初めてお目にかかります、アディ様。奏歌と申します」

キールに背中を支えられて踏み出し、頭を下げた。

「そう固くなるな。外の人間に会うのは久しぶりなんだ」

顔を上げると、ニイナとよく似た親しみのある笑顔を持った寝間着姿の男性が半身を起こしていた。楽しげに輝く瞳は美しい紫色で、明るく灰色がかった金の髪とよく似合っている。水色の寝間着を着ていても、その身体は引き締まっていた。きっと、床に伏すようになる前は精力的に活動していたのだろう。

やさしい笑みはアルファとしての包容力を感じさせ、キールとはまた違う魅力を放っていた。年はキールより二、三上だろう。寝台にいてもその生まれ持った快活さは損なわれず、「奏歌か、いい名だ」と微笑みかけてくる。

召し使いがキールたちのために背の高い椅子を二脚、寝台のそばに近づけてくれたので、静かに腰を下ろす。

「融通の利かない弟が夢中になるのも無理はない。奏歌ほど綺麗な男は見たことがないぞ」

「そんな、もったいないお言葉です」

「兄上はほんとうのことを言っている。私もおまえ以上に綺麗な者には会ったことがない」

きょうだいそろって甘いことを言う。面映《おもはゆ》くなるが、けっしておためごかしではないと声音からも伝わってくるから、顔を赤らめながら礼を述べた。

「奏歌はどんな世界からやってきたんだ？　キールからだいたいのことは聞いているが、もっと知りたい。私たちの世界とは大きく違うようだな」

病床にある王子のためにさまざまなことを話して聞かせた。アディはキールに負けず劣らず好奇心旺盛で、奏歌の言葉のあらゆるところに突っ込んできた。ニイナ姫もそっくりだなと微笑みつつひとつひとつ答えていくと、すべてに驚かれた。

「自動で動く乗り物……そんなものがあるのか。想像できないな、キール」

「はい。深夜になっても店が開いているのも不思議です。人間、眠らないと心身を壊します」

「ですね、俺もいまではそう思います」

ブラック企業に勤めていた頃は、二十四時間体制で顧客の求めに応じるのが当たり前だった。定時で上がりたい、なんてとても言える状況ではなかった。

鬼の形相で仕事に励む周囲に萎縮し、だんだんと染まっていくうちになにを食べても味がしなくなり、ベッドに入っても目が冴えるようになり、まずいなと思った矢先に、駅の階段から転げ落ちたのだ。

「では、エキの階段から落ちたことで、おまえはこの世界に生まれ変わったのか？」

「だと思います。自分でも不思議なんですけど……」

考え込む奏歌に、隣の椅子に腰かけるキールが顔をのぞき込んできた。

「ここに来てよかったと思うか？」

その言葉の意味を何度も噛み締め、頷いた。

驚かされることはたくさんあったが、それよりもキールに、そして温かいひとびとに出会えた喜びのほうが勝っている。

「——アルストリアに生まれ変わることができて、よかったです。キール様やニイナ様が温かく受け入れてくださって感謝してます。ここで……俺にもできることがきっとあるかなって」

「ああ、あるとも。無愛想な弟だが、奏歌をしあわせにする。我が弟ながら信頼に値する男だ」

にこりと笑うアディにキールも深く頷く。

「国一の誠実な兄上がおっしゃることに嘘はない。おまえは神に導かれ、予言の間に現れた。災いが降りかかるかもしれぬアルストリア国をおまえが守るというなら、私が奏歌の盾となり、しあわせにする」

「キール様……」

甘い囁きに身体中が熱くなる。すこしもじっとしていられず、膝の上でぎゅっと拳《こぶし》を握り、「でも俺」と言葉を重ねた。

「まだ国王陛下にもご挨拶してないのが申し訳なくて」

「それなんだが、一週間後にはお戻りになると今日の夕刻、報せがあった」

「父上と母上がお戻りになるのか」

ぱっと顔をほころばせたアディに、キールは「はい」と振り返る。

「長いこと国を空けていて、たいそう兄上を案じていらっしゃいました」

「私は見てのとおり元気だ。では一週間後の晩、父上たちを迎えるための晩餐会を開かねば」

「かしこまりました。すべては兄上のお言葉どおりに」

浮き立つアディが繰り出す計画にキールが細部を補強していく様子を窺いながら、ほんとうに仲のいいきょうだいなんだなと実感した。

アディも、キールも、ニイナも強い絆で結ばれている。母が違うという一点については、キールのみが異なる想いを宿しているのだろうけれど。

その点にあえて触れないアディとニイナも、内心ではキールの複雑な想いに気づいているはずだ。たとえ母が違っていてもアルストリア国王の血を継ぐ者として、互いに愛し合っている関係であることは奏歌にも伝わってくる。

それがすこしだけ、羨ましい。

どこまでいっても、きっと自分は部外者だ。よその世界からやってきた者でしかなく、いまはよくても、この先些細《ささい》なことで弾かれるかもしれない。

それでも、とこころを奮い立たせる。

自己卑下しているばかりではなにも進まない。元いた世界では他人どころか、自分の身すら顧《かえり》みなかった。だから、階段から転げ落ちた。

生まれ変わったなら、同じ轍《てつ》を踏むことはけっしてしない。かならずしあわせな未来を呼び寄せてみせる。

そのためには、傍観者にならないことだ。無関心でいたら、また悲劇を招いてしまう。

「俺にも晩餐会のお手伝いをさせてください」

話に交ざると、アディとキールが視線を絡める。

「晩餐会では、舞踏会を開く。私の相手を務めてくれ」

「一緒に踊るということですか？」

「そうだよ。奏歌、ダンスの経験は？」

「お恥ずかしながら、まったく」

「ならば、我が弟のキールが手取り足取り教えよう。ダンスの名手だ。幼い頃キールのダンスの練習相手を務めたが何度足を踏まれたことか。いまでも痣《あざ》が残ってるぞ」

「兄上にはほんとうに勝てません」

「だろう?」

キールの愉快そうな笑い声からアディへの確かな愛情が伝わってきて、奏歌も頬をゆるめた。

9

「奏歌、私の肩に手を置いてくれ。もう片方の手はこちらに」

「はい」

アディの見舞いから戻ったその夜、奏歌はキールとともに城内の一室で向かい合っていた。

一週間後に控える晩餐会で見事なダンスを披露するため、キールが指導してくれることになったのだ。

元いた世界なら音楽プレーヤーでBGMを流すのだろうが、ここではそんなものはない。本番では宮廷楽隊が演奏してくれる。彼らが奏でる音楽のすべてを記憶しているキールは奏歌の手をしっかり握り、「一、二」とリズムを刻み始める。

「私に合わせてステップを踏んでくれ。そう、前に、うしろに、前にうしろに。急がなくていい……った」

「す、すみません」

慣れないダンスのせいで勢いあまってキールの足を思いきり踏んづけてしまった。しかめ面するキールはしばし唸《うな》っていたが、やがて苦笑し、「さあ、もう一度」と奏歌の手を握り直す。

「私の中に流れる音楽を聴いてくれ。そう、そう、一、二、一、二。うまいうまい」

「ん、っと、こう、か。うわ」

くるりと回ろうとしたところでふらつく身体をキールが慌てて抱き留めてくれる。

美しい寄せ木細工の床は隅々まで磨き抜かれており、うっかりすると足をすべらせそうだ。ひとりだったら無様に転んでいただろうが、キールの大きな手に握られていると、安心してリードを任せることができた。

「一、二、一、二、そこで一歩踏み出して、下がって。もう一度踏み出したら軽く腰を引いて、私が合図したらターン……っく……！」

「ご、ご、ごめんなさい！」

またもキールの足を踏んづけてしまい、がっくりと肩を落とした。

「ほんとうにすみません……丁寧に教えてくださってるのに、俺、ダンスの才能がないんですね」

「そうしょげるな。誰でも最初はこんなものだ。私だって目を覆うほど下手だったぞ」

「キール様が？　嘘だ……最初から軽やかにステップを踏んでましたよね、きっと」

「兄上もおっしゃってただろう。足に痣がいまでも残ってるって。兄上の十歳を祝う晩餐会のために私はひたすら毎日特訓したんだが、なかなか上達しなくてな。練習相手を務めてくれた兄上の臑《すね》や足の甲を何度蹴っ飛ばしたか覚えていない」

「キール様にもそんな頃が……」

「あったさ。格好悪いところがたくさんな。ちいさい頃は泣き虫だったんだ。快活な兄上に置いていかれると、すぐにべそをかいていた」

彼の腕の中からキールを見上げ、くすりと笑う。明るいアディにリードされ、何度もつまずいては泣きべそをかいているキールを想像すると気分も持ち直してくる。

「元気は出たか？　さあ、もう一度やってみよう」

「あの、ちょっとだけでも音楽があると助かるんですが」

キールは一瞬首を傾げたものの、「わかった」と頷く。

「私の歌に合わせて」

艶やかな声でメロディを口ずさむキールが再びステップを刻む。前よりずっと踊りやすくなり、微笑んだ奏歌はつたなくも彼に身をゆだねた。

「うまいぞ。さっきよりずっと身軽だ。そうそう、そこでくるっと回って」

息を吸い込んでつま先立ちになり、くるりと回った。壁に掛かるろうそくの灯りが尾を引き、視界の端に流れていく。今度はつまずかず、しっかりとキールと正面から目を合わせて破顔した。

「できました……！」

「できたな。呑み込みがいいじゃないか」

「キール様が教えてくださったおかげです。ほんとうにありがとうございます」

汗ばんだ額を手の甲で拭い、にこりと笑いかけると、キールがまぶしそうに目を細める。

「毎日練習すれば晩餐会に間に合うかな……なんとか間に合わせます。ひとりでも練習しますし」

「そうだな」

「キール様にはお礼をしなくちゃ。なにがいいですか？　俺にできることならなんでも」

「なんでもいいのか？」

目をすがめるキールに胸がどきりとなる。つかの間身じろぎすることもできなくてただ彼を見つめた。

まだ摑まれていた手をぎゅっと強く握られ、鼓動が高鳴る。そのまま強く抱き寄せられてしまえば、逃げることもできない。

「……っ……キール、様」

「このままおまえを私の部屋に連れ帰っていいか」

「あ、の」

「以前、おまえに触れたことを覚えてるか？」

こくこくと首を縦に振った。背中に汗が滲み、キールの顔をまっすぐ見られない。

「もう忘れたかと思った。いつ見てもおまえは前とすこしも変わらなかったから」

「……頑張って冷静な顔を取り繕ってたんです。……運命の番だって言われてどんなにどきどきしたか、キール様にはわからないでしょう」

番だと言われたのも、肌に触れられたのも、あのときが初めてだ。油断すると身体の奥底が疼いてしまうから、意識して封じ込めていたのだ。

「つれないな。私は四六時中おまえのことを考えていたのに。番だという以上におまえを意識しているんだ」

親指でくちびるのラインをやさしく撫でられ、じわりと身体が熱くなる。視界もぼうっと潤み、キールを見ているのがつらくなってきた。

「うつむくな。私を見ろ」

「……っ」

顎を指で押し上げられ、視線を絡め合う。

「目が潤んでいる。色っぽくておかしくなりそうだ」

「……そんな目、してません」

「してる」

「してない」

「じゃあ、させてやろう」

驚いて顔を上げたのと同時に頬を両手で包まれ、くちびるをついばまれた。

「っ、ふ……」

番だと告げられたときから、おかしくなりそうなほど彼にこころが傾いている。快感を教え込まれた身体はたちまち熱くなり、舌をくねり挿れられるだけで指先まで痺れてくる。

「ぁ……っ……」

「そう可愛い声を出すな。部屋に戻る前に襲いたくなる」

「……っ……ん……キール、様……」

この部屋からキールの私室までは距離がある。

回廊をいくつも通り抜け、階段をいくつも上り下りしてもまだ着かない。そこまで自分の理性が保つかどうか、奏歌も心配だ。肩を抱かれて歩いていても足元がおぼつかない気がして、助けを求めるようにキールの胸にすがりついた。

「奏歌……」

ちゅく、と舌の先端を噛まれてぞくぞくし、はしたない声を上げそうだ。

「すまない。私のほうが部屋まで待てなそうだ」

低い囁きとともに強く肩を抱かれ、隣の部屋へと足を踏み入れた。

ちいさな部屋にはゆったりとした長椅子が置かれていて、キールに組み敷かれた奏歌は逞しい背中に両手を回す。

上等な服を通しても漲《みなぎ》った筋肉を感じ、喉がからからに渇いていく。誘惑に弱いオメガだからだとおのれをたしなめたが、肌の奥で感じる本能は違うと言っている。

キールが相手だからだ。彼が運命の番だからだという以上に恋している。熱い胸に抱かれていると想いが増していく。

いままでに出会った誰よりも好きだ。こころから愛している。

——失いたくない。彼を守らなきゃ。でも、いまは。いまだけは。

「奏歌、おまえの瞳は綺麗だ。まるで星のように煌めいている」

「キール様こそ……」

照れるような言葉も、端整な顔立ちのキールの口から出ると真実だと思える。

間近で見ると、紫に透きとおる瞳は水晶のようだ。

見つめ合う先から蕩けそうで、物欲しげな視線をしていることを奏歌は気づかない。色香のある目にキールが息を呑み、真剣なまなざしとともに覆い被さってきた。

ひと息にくちびるを奪われ、口内を貪られた。

くちゅりと舌を絡め合わせられ、疼くほどに擦られるとじっとしていられない。キールの胸をまさぐり、しなやかで強靭《きょうじん》な身体を確かめた。

「こら、私を試すな。いたずらされてもいいのか」

「……いい、……です」

ぼうっとした意識で頷く。じゅるっと舌を吸い上げられてきつく擦られ、腰裏が疼きだす。大きな手が頬のラインから鎖骨《さこつ》、そして胸元へと這う。襟元を開かれて素肌を探る指先に呻いてのけぞるのと同時に服をはだけられた。

発情期まではもうすこし。意識すればこのままアルファの熱に発情できそうだったが、なんとか抑え込んだ。ここで欲情を解放したら、一週間は床の中だ。そうなったら晩餐会にも出られなくなってしまう。

「あ……」

汗ばんだ胸を指先でくるくるとなぞられる心地好さは、初めて感じるものだ。

思わず口を開くと、舌先をくちゅくちゅと甘く舐られてぞくぞくする。温かな唾液を這わされてこくりと喉を鳴らし、息を切らした。

「おまえのここがだんだん尖ってくる。艶めかしい感触だ」

「や……だっ……ぁ……んぁ……そんな、とこ……」

裸にされた平らかな胸を硬い爪でかりかりと引っかかれることで、肌の下から突き刺すような甘い刺激が這い上がってくる。

たまらない愉悦から逃れるように無意識に胸を反らしたことで、つきんとそそり勃つ乳首をつまみやすくさせてしまう。

キールが低く笑いながら肉芽の根元をきゅっとつまんでねじってくる。

「あ――あ……ッ……！」

自分でもろくに触れないそこをくりくりと揉み込まれると、とめどない喘ぎがこぼれる。最初は驚いてばかりいたのに、キールの指先がやさしくてもどかしいから、しだいに物足りなくなってきて、気づけば自分から胸をせり出していた。

「だめ……です、……キールさま……っ」

「よく言う。そんなに声を甘く蕩けさせて。こっちも淫らになってきたな」

「んん……っ！」

親指とひと差し指の間でねっちりと捏ねられ、つらいほどに感じる。

甘がゆい快感が全身を走り抜け、つたなく腰を揺らした。指の腹ですりすりと擦られる肉芽はふっくらと腫れ上がり、キールの愛撫を悦《よろこ》んでしまう。

はしたない。いやらしい。おのれをなじるものの、喉奥から漏れ出るのは切羽詰まった喘ぎだけだ。

オメガとはいえ、性的な衝動に襲われることはほとんどなかった。

飢えた気分に駆られても、元いた世界では効きのいい抑制剤という便利なものがあったからだ。

しかし、こっちの世界に来てからというもの、さまざまな出来事に対処するのがやっとで、こうして男の熱い手で身体中まさぐられると、底なしの欲情に呑み込まれそうだ。

「っん、ん、あ、っ、あ、っ、や、だ、そこ、ばかり」

「胸はやめたほうがいいか？」

ぱっと手を離された途端、怖いほどの飢餓感《きがかん》がやってきて、必死に首を横に振った。

「だめ……っや……」

「やめたほうがいいのだろう？」

間近に見るキールの瞳はいたずらっぽく煌めいていて、「いじわるい、です……！」と声を掠れさせた。

「こんなの……慣れてない……のに、俺ばかり……」

「そうだな。おまえばかりに気持ちいい顔をさせている。それが楽しいんだから仕方ないだろう」

「ん、う……く、……」

歯噛みする間も淫猥な指先で乳首をすり潰されて身悶《みもだ》えた。

「いじらしいな。舐《な》めてやりたくなる」

「だめ、そんなの、だめです……！」

「どうして。はしたない声を出してしまうからか？　私しか聞いていないぞ」

「だから……恥ずかしいんです」

じわりと目元を潤ませながら抗っても、キールは可笑しそうにしているだけだ。

肉芽を指先で捏ねられるたびに身体の奥で火の粉が爆《は》ぜ、腰が跳ねる。心臓がばくばくと脈打ち、口から飛び出そうだ。

「っ……ッ……ぁ……っあ……あぁ……」

するりと手が下りて、奏歌の下肢を器用に暴く。とうに硬くなっていた肉竿を剝《む》き出しにされてしまえば無力だ。やわやわと根元から締め付けられる凄まじい快感に声を嗄《か》らし、いまにも達しそうだ。

「指での愛撫はもう覚えただろう」

「え、え？　あの、……あ……っんんん……！」

大きな長椅子に寝そべる格好の奏歌の上で顔をずらしたキールが、ぎりぎりまで昂った奏歌のそこをぺろりと舐め上げた。押し潰されそうな罪悪感の裏側には途方もない快感がひそんでいる。先端の割れ目を熱い舌先で押し開かれて、奥から蜜がとろりとこぼれ出す。それだけでも充分に恥ずかしいのに、くりゅくりゅと舌をねじ込まれて啜り込まれる快感に奏歌は泣きじゃくった。気持ちよくて気持ちよくて、どうにかなりそうだ。

「だめ……だめ……！」

両手でアッシュブロンドの髪を摑んで押し戻そうとしたが、ずるぅっとしゃぶり込まれてあえなく屈してしまう。

王子の口を汚すなんて、もってのほかだ。高貴な存在の男の淫らな舌遣いに翻弄され、しっとりした布張りの長椅子で奏歌は身をよじった。

どんなに深く息を吸い込んでも苦しいのだが、吐き出した瞬間に達しそうで怖い。

そんな奏歌に気づいているだろうに、キールはますます濃密な口淫で責め立ててくる。頬の内側で先端を擦り、とろとろとあふれ続ける蜜をくまなく舐め取ってきた。

ひくん、と根元から反り返る肉竿を頬張られてじゅくじゅくとしゃぶり立てられながら骨っぽい手で扱かれ、ひとたまりもない。

「っ……キール様……だめ、だめ、もう……！」

「このまま発情してくれないか。そうしたらこころおきなくおまえを抱き潰せる」

「ん――ん……っ」

大きく身体を震わせたとき、強く先端を舐り回されて思わずどっと蜜を放った。

「あ、っ、ぁ……あぁ……っ……あ……っ……」

こぼれ続ける白濁は多すぎると思うのに、肉竿をしっかりと握られたままちろちろと割れ目を舐られれば身体から力が抜け、絶頂に浸ってしまう。

突っ張ったそこから、熱いしずくが絶え間なくほとばしるのが自分でもわかる。

整った顔からは想像できないほどの淫猥さでキールは奏歌のそこをべろりと舐め上げ、満足そうだ。

「こういう味をしていたのか、おまえは」

「キール様……」

息が切れ、涙が滲む。淫らな姿を晒してしまった恥ずかしさもあるが、まだ快感が抜けきっておらず、自分でもどうしていいかわからない。

怒るべきか、拗《す》ねるべきか。わずかにくちびるを尖らせたのがわかったのだろう。まだ濡れている奏歌の下肢を手で覆い、キールが顔を近づけてくる。

「気持ちよかったか？」

「……っ……」

「正直に言わないと、続きはないぞ」

「続き……」

声が掠れる。この先どんな衝撃が待っているか、わからないわけではない。性的な行為には疎いが、いちおう、知識は頭に入っている。

男の自分が同性に抱かれるならば、身体のすべてをさらけ出すことになる。想像するとどうしようもなく恥ずかしい。獣のような格好でキールをほしがるのかと思うと、頬が燃え上がりそうなほど熱くなった。

「奏歌？　すこしも感じなかったか？」

「……そんなことは……」

「なんだ」

「……そんなことは、……ない、です」

「だったら、正直に言ってみろ。私とていたずらにおまえを焦らしているわけじゃない。奏歌の意思を尊重しているんだ」

「やめてほしいって言ったら……やめてもらえるんですか……？」

「もちろん」

手がかぶさったままの肉竿に再び熱がこもる。それがわかっているかのようにキールの指先は跳ねるみたいにばらばらと動き、奏歌のそこに絡みつく。

ぴんと張り詰めた皮膚《ひふ》を指先が掠めるだけで息が弾み、身体の奥底でじゅわっと熱い泉が噴き出す。

「……つづき、って……なに、する、んですか……」

「おまえがしてほしいことを全部。おまえが考えている以上のことをすべて」

してほしいことがなにか考えただけでも頭が沸騰しそうなのに、考えている以上のこと、なんて言われたらおとなしくなんかしていられない。

キールのほうが年上で、経験豊富だとわかっていても、一方的に感じさせられっぱなしなのは悔しい。

そう言うと、彼は楽しそうに笑い、「そんなことを気にするのか」と目尻を下げた。

「気にします……俺だって、男なのに」

「奏歌が男でも女でも、私は夢中になっていたぞ」

「……もし、運命の番じゃなかったら？」

ふと気になって呟いた。

自分がただのオメガだったら。

運命の番ではなく、アルファの劣情を煽るだけのオメガだったら、ここまで熱っぽく求められていただろうかとにわかに不安がこみ上げてくる。

「俺が、ただのオメガだったら？　よそからやってきたちょっと毛色が変わっているオメガで、たまたまあなたが見かけないタイプっていうだけだったら？」

「私を疑うか？」

静かな囁きにたしなめられた気がして、「違います」と言い添えたが、不安に揺れる胸の裡は彼にも伝わるのだろう。

眉間にキスを落としてくるキールがやさしくくちびるをほころばせる。

「私がそんなに不実な男なら、もっと早くに馬脚《ばきやく》を現していたはずだ。ひたむきでなにごとにも熱心な奏歌に自分が恥ずかしくなって、森の奥深くに身を隠していたかもしれない。だけど、私はいま、おまえの前にいる。おまえを抱き締めて、何度でもくちづけたいと思っている。続きがしたいというのも、奏歌をもっと愛したいからだ」

「キール様……」

愛、という言葉がキールの口から出たことに、大きく目を瞠った。

「そんなの——そんなことを軽々しく言ったらいけません」

「なぜだ」

「だってあなたは一国の王子です。いずれはどこかの姫と結婚されますよね」

「しない。おまえを愛している。たとえ奏歌が運命の番ではなかったとしても、私はおまえを娶《めと》る」

「……なんの得もしないのに？」

慎重な問いかけに、キールが可笑しそうに肩を揺らした。

「損得で誰かを愛することはしない。兄上にもニイナにも、私は得する、損するという考えを持ったことがないように、奏歌、おまえにもただ純粋な想いを抱いているだけだ。私を愛する代わりに財宝がほしいならいくらでもやろう。アルストリア国の宝庫には扉が閉まりきらないほどの宝が眠っているぞ」

語尾が面白そうに跳ね上がったことで冗談だとわかり、奏歌は「もう」と呟きながらも彼の胸を叩き、顔をすり寄せた。

「財宝なんかいりません。こんな俺をすこしでも好きでいてくださるなら——それだけで嬉しい。あなたにとっては怪しい存在でしかない俺をこころよく受け入れてくださったこと、ほんとうに感謝してます。……俺だって、キール様が好きです。大好きです。心臓を捧げたいくらいに」

「嬉しいことを言う。もしも誰かにこの愛を反対されたら一緒に森の湖に身投げでもするか」

冗談めかした言葉に奏歌も笑い、「お供します」と囁く。

「でもその前に、後悔のないように奏歌のすべてを知りたい。今夜はたいした準備をしていないから控えておくが、もうすこし私につき合ってくれるか？」

「……喜んで」

恥じらいながら頷き、頤を上げた。

瞼を閉じる寸前まで、明けゆく空でひときわ目立つ紫の光が輝いていた。

10

予定よりも三日早い夜に国王が帰国した。

主の帰還に城は蜂の巣をひっくり返したような騒ぎで、イニシュ王とセラフィ妃に長旅の疲れを癒やしてもらうため、胃にやさしい食事を作ろうと厨房もてんやわんやだ。

ひとりでも助っ人がほしいとロイに泣きつかれた奏歌は王や家臣に振る舞う食事作りに参加し、必死に野菜の皮剝きに励んだ。

そのかいあって無事に帰還を祝う晩餐はつつがなく終了したようだ。

キールが計画する晩餐会は四日後の土曜に開かれるとあらためて聞かされ、奏歌たちも夕食を終えて解散となった。

王と王妃が戻ってきた。キールは自分たちの仲をどう告げるのか。あれこれ考えても詮無《せんな》いことなのだが、どうしたって思いをめぐらせてしまう。

このまま部屋に帰ってもひとり悶々《もんもん》としそうだから、庭園を散歩することにした。

最近では事あるごとに広大な庭を歩くようにしていた。以前、森へ出かけて迷子になってキールに迷惑をかけてしまったことをいまでも覚えている。

この世界に来て季節をひとつ越えようとしているが、慣れたとはまだ言いがたい。城下町にも出かけていないのだ。

夏の終わりに、町では祭りが開かれるとナサが教えてくれた。

過ぎゆく季節を惜しみ、芳醇《ほうじゅん》な秋の到来を願って街中で酒を酌み交わし、美味しい料理に舌《した》鼓《つづみ》を打つ。

最後にはこの城を背景に大きな花火が上がるそうだ。

賑やかな夜に城に住まう者たちもじっとしていられず、お忍びでそっと出かけるひとも多いのだとナサは笑っていた。

『お城のみんながこぞって出かけます。たくさんのお店が出て、甘い果実酒や、砂糖で漬けた果物も美味しいですし、なんといっても肉料理は抜群ですよ。イッシの肉の焼き串料理は絶品で、アディ様がお元気でいらっしゃった頃はごきょうだいそろって見事に変装なさってお出かけになっていました』

『抜け出したのがばれたりしないんですか？』

『私たちがっちり秘密をお守りしますから』

秘密めいた微笑を見せたナサが、『皆様、早めに戻ってきてくださるんですが、口の端にお肉のソースがついていたりして、迎えに出た私たちも思わず笑ってしまいました』と楽しそうにくちびるをゆるめていたのは今朝のことだ。

アディが元気だった頃という言葉に、夜空を見上げた。

深い夏の夜空は、隅々にまでちいさなスパンコールをぎっしりと縫い止めたように輝いている。

元いた世界では、けっして拝めない景色だ。濃い緑の匂いが立ち上る庭に立ち、遠く離れた塔の中でアディもこの夜空を見ているのだろうかと考える。

自由の利かない身体でなにを思うのだろう。このまま奏歌がなにも成し遂げず傍観者であることを貫けば、アディはいずれ占星術師ヴィンスの野望どおり、弱って死ぬ。

身体に障ってもいけないからと一度しか会っていないが、キールの兄というだけあって懐が深く、ひとのこころを温かくしてくれる笑みの持ち主だった。

妹のニイナも、私室の窓辺からこの星を見ているかもしれない。ふたりの兄をこよなく愛する幼い姫の運命もまた、ヴィンスが大きく変えるのだ。奏歌が読んだ物語では、ニイナは元々外つ国に興味があり、いつかはアルストリアを出ようと考えている。その旅の先で運命の番と恋に落ちるという一大ロマンスに胸を躍らせたが、キールの死に深く傷つき、出立を決意するという箇所が寂しくて仕方なかった。

物語を盛り上げるためにもそういった要素は必要なのだと理解できるが、ニイナたちのひととなりを知ったいま、最終的に旅立つとしても晴れ晴れとしていてほしかった。

アディとニイナの勇気をくじくのが、キールの毒殺であるのは間違いない。一見無愛想でも情に篤《あつ》く、一度こころに入れた者にはどこまでも紳士的でやさしいキールがいなければ、アディもニイナも立ちゆかなかっただろう。

ひとりだけ母が違うことがキールの気を重くさせているかもしれないが、だからこそ、彼のアディやニイナに対する親愛の情は本物だと奏歌にもわかる。

片親だけの血の繋がりを、キールは大切に思っている。現王妃の子ではない事実がキールをどうして腐らせなかったのか、あらためて考えても尊敬に値する。

愛人の子どもで、しかもその母は早くに亡くなってしまった。うしろ盾のないキールはアルストリアで孤立する可能性もあったのに、そうならなかったのはひとえに愛情深いアディとニイナのおかげだろう。彼らが、キールを置き去りにしなかったのだ。

当たり前の葛藤《かっとう》を感じたとしても、キールはめざましい成長を遂げ、王の不在をしっかりと守ることもできた。アディの体調が戻れば、そっとうしろに控えるに違いない。

第二王子としての務めを完璧にこなすキールが誇らしい。同時に、息苦しくはないだろうかと案じる。

容姿端麗で剣捌《さば》きも素晴らしく、人望に篤いキールにこれといった欠点は見当たらない。自分だったら周囲から期待を寄せられて勝手に胃を痛くしそうだが、いまのところキールはいつ会っても平然としている。やはり、王子たるもの覚悟が違うのか。

ぶらぶらと庭を歩きながら、――あそこは確か、キールの部屋だ、と建物を見上げた。

目星をつけた部屋には灯りがともっている。なんとはなしにそれを見ていると、窓にゆらりと影が映る。窓のそばを行ったり来たりしていていた影は、灯りが落ちるとともにふっと消えた。

「……キール様?」

寝るにはまだ早い時刻だ。明日のために早々に床に就いたとも考えられるが、キールはどちらかというと宵っ張りだ。この時間は奏歌が部屋を訪ね、ふたりでゆっくり果実酒を呑むことも多い。

なんとなく気になって急ぎ足でキールの部屋に向かう。長い廊下の奥を黒い影がさっと横切り、慌ててあとを追った。

くねる階段を駆け下りていく足音が石壁にこだまする。どこかに出かけるのか。

「キール、様」

何度も転びそうになりながらやっと黒い影に追いついたのは、建物から離れ、裏庭にある厩《うまや》のそばだ。

暗がりの向こうから聞こえる馬のいななきに声がかき消されてしまい、あとわずかで摑めそうだった影がまた遠のいてしまう。

「キール様、キール様……！」

「……奏歌！　おまえ、どうしてここに」

夜目にも目立つ白馬の鐙《あぶみ》に足をかけていたキールが振り返った。ローブのフードを深くかぶった彼はあたりを見回し、「来い」と手を摑んでくる。

「ここで誰かに見つかるのはまずい。夜陰にまぎれるぞ」

「は、はい」

大きな手に引っ張り上げられ、なんとか馬の鞍《くら》に腰を下ろした。想像以上に高くて怖くなるが、背後から抱き締められ、「大丈夫だから」と落ち着いた声が聞こえる。

「静かに。馬も私が乗れば騒がない」

「……どこかに行かれるんですか？」

「街だ。詳しくはあちらに着いてから話そう」

言うなり、キールは馬の横腹を軽く蹴って走りだす。

夜の闇を駆け抜ける白い馬はほうき星のように素早く、軽々とした足取りでキールと奏歌を城下町へと送り届けてくれた。

ゆっくりと眠りに就く城とはまるで違い、灯りが煌々とともる街の夜はまさにこれからだ。

人目につきにくい街外れに馬を繋ぎ止め、キールに寄り添いながら歩きだす。

通りに面する店の軒先にはどこもランプが下がっている。扉がひとつ開くたびにいい香りが漂ってくることに思わず微笑んだ。飾らない楽しげな話し声がどっとあふれ出すのも、なんだか温かくていい。

「アルストリアの民はみんな夜更かしなんだ。遅くまで呑んで騒いで、寝坊する者もいる。だが、総じて働き者ばかりだ」

「さすが、キール様がいる国ですね」

若い男たちが楽しげに肩を抱き合いながら店を出てくる。彼らの注意を引かないようキールに手を摑まれ、横道に入った。

明るい表通りから一歩それるとざわめきが遠のき、だんだんと静けさが満ちていく。

「このあたりはいささか治安が悪い。そばを離れるな」

「はい」

ぴったりと寄り添い、足下の悪い路地を歩いた。

しだいに暗くなっていく道の先になにがあるのか、あえて聞かなかった。確かな足取りのキールについていくだけだ。

軒先のランプが間遠になり、ところどころ、ぽかりと闇が開く。砂を踏み締める足音に身体をこわばらせた瞬間、脇道に連れ込まれた。

「声を出すな」

「……っ」

手のひらで口をふさがれ、こくこくと頷く。

息をひそめていると、通りをゆっくりと下ってくる一対の足音が聞こえてきた。音の主を確かめるためにキールとともにそうっと首を伸ばす。

黒いフードを深くかぶった者が静かに周囲を窺いながら、弱々しいランプがともる家へと入っていくところだった。

「あそこだ。行くぞ」

「は、はい！」

慎重に家に近づき、扉越しに中の様子を窺う。思ったよりも楽しげな笑い声が聞こえ、キールとふたり、顔を見合わせた。

「中に入りますか？」

「そうしたいのはやまやまだが、すぐに見つかるかもしれない。……向こうへ。路地の奥に窓がある。のぞいてみよう」

キールのあとをついて家の脇へと入り込む。雑草だらけだったが、かえって足音を消してくれて助かった。

背をかがめてそろそろと歩き、ふんわりと灯りが漏れる窓の桟に取り付いた。

そこは酒場らしく、地味な表とは裏腹に大勢のひとで盛り上がっていた。男女ともに赤ら顔で酒を呑んでは笑っている。

楽しそうですね、と言おうとした矢先に、キールが左側を指さす。

先ほど見かけたフードの人間だ。

椅子に腰かけながらフードをずり下げたその横顔に、「――あ」と息を呑む。

「ヴィンス、さん」

「会ったことがあるのか」

「すこし前に」

「ここに彼が現れると摑んだのは最近だ。月に一、二度、人目を忍んでこの店に来る」

「ヴィンスさんを追ってたんですか？」

「信用しきれない人間だ。近頃はなにも起こらなかったが、セラフィ妃が不在だったせいだろう。だが、彼女は戻ってきた。寒い北の国ハルドラから。――あの国には、雪に深く埋もれる時分に咲く毒花があると聞いたことがある」

「毒花……」

「黄色くて可愛い花の根をよく乾かすと、無味無臭で即効性があり、痕跡も残らないとっておきの毒物に仕上がる。摂取した者は皆、心臓発作だと判断されるそうだ。その毒をセラフィ王妃が持ち帰ってきた可能性は充分にある。めったにない外つ国への旅だからな」

落ち着いた声が逆に怖い。木枠を摑む指が細かに震える。

「セラフィ王妃は誰かを……殺そうとしているんですか？」

「たぶんな。だが、妃がすべてを計画しているとは思えない。ひとりで担うには重すぎる。ヴィンスが絡んでいると私は踏んでいるんだ」

「なんのためですか？」

聞きながらも、――ヴィンスが凶暴な計画を立てるのは、この国をいずれ乗っ取るためだと知っている。しかし、それを口にすることはまだできない。いくら違う世界から来たのだとしても、世迷言《よまいごと》を並べるなと疑われそうだからだ。

もうすこし状況を探ったほうがいい。

「……ヴィンスの真意はまだわからない。ただ、以前はもうすこしお元気だった兄上が、近頃では寝台をほとんど下りられなくなった。体調がいいときは庭を散歩されることもあったんだ。セラフィ妃も兄上をひどく案じてあちこちから薬師や呪術師を呼び寄せたが、どれもだめだった」

「アディ王子が床に伏したきっかけってあるんですか」

奏歌の問いかけに、キールは深くため息をつく。

「たちの悪いはやり病を患《わずら》って肺を悪くしたんだ。私やニイナは軽症ですんだが、兄上は……おつらい身体になった。それがヴィンスが来てからはもっと悪化した気がする」

「ヴィンスさんがセラフィ妃を通じて、アディ様にこっそり毒を盛ったとか……」

「さすがにそこまではしない気もする。王妃にとって兄上とニイナはなによりもの宝だ。己が息子を危機に晒す人間がそばにいたら、セラフィ妃もさすがに気づくはずだ。……だが、私は恐れているんだ」

「解毒薬はないんですか」

「あるにはあるが、伝説の代物だ」

苦く笑うキールが肩を寄せてきた。

「おまえがこの世界に現れたのと同じくらい、手に入れるのが難しい。私の瞳が明けの明星からこぼれ落ちた奇跡といわれているのは覚えているか？」

「もちろんです。どんな宝石よりも綺麗です」

「奏歌に言われると照れるな。真摯なこころを持ち、明けの明星をあがめた者だけの手に垂れ落ちる特別なしずくが、その毒を解く——と書物にはある。毒が実在するならば明けの明星から垂れ落ちるしずくも存在するはずだが、ほんとうに天からの賜り物があるのか」

やはりそうなのだ。

「明けの明星からこぼれ落ちた奇跡」は、強力な解毒剤だ。ただ、それが実際どんな形をしているのか、想像がつかない。

「解毒剤っていうと、鉱石をすり潰したものか、煎じ薬ってイメージが強いです。たとえば明けの明星が昇る方向に咲く特別な花から採れる汁とか……」

「なるほど、そういう考えもあるのか」

意表を突かれたようにキールが何度か頷き、「わかった。もうすこし調べてみよう」と言う。しかしその声は陰ったままだ。

「これ以上兄上になにかあったら——ニイナになにかあったら」

キールの横顔を食い入るように見つめた。

セラフィ妃が外国からひそかに毒物を持ち帰り、ヴィンスと組んで誰に飲ませようとしているのか、自分にはわかる。

それはアディではない。

答えは小説に書かれていたのだ。

「キール様になにかあったら？」

「私か？」

驚いたように目を瞠るキールは、ふっと微笑んだ。

「私なら心配ない。こう見えても勘は鋭いほうだ。万が一毒物を盛られてもすぐに気づく」

「でも、無味無臭なんですよね。お医者さんだってわからないんですよね」

「案じるな。動けない兄上や幼いニイナが狙《ねら》われたら危険だが、私は対処できる。現にこうして、怪しいヴィンスを追っているだろう？」

「そうですが……」

「見ろ。継母上《ははうえ》だ」

鋭いキールの声にはっと首を伸ばす。賑わう店の中、カウンターに腰かけるヴィンスの隣に、沈んだ緋色のフードをかぶった者が近づくのが見えた。

屋内で慎重に顔を隠す人間を訝る者はいない。誰もが酔っ払い、他人に興味を向けない。ヴィンスが横顔で微笑み、フード姿の人間と杯を交わす。周囲から浮かないように注意を払っているのだろう。ここまで声は届かないが、彼らがひそやかに言葉を交わしているのは伝わってくる。

すこし上向けになったフードの陰から深紅に彩られたくちびるが見えた。

「王妃だ。彼女にしか許されていない紅の色だ」

意味深に微笑むヴィンスが白魚のような手からなにかを受け取り、二度頷く。

「見えたか？」

「かすかに。茶色の小袋のような……」

「中身を確かめたい。絶対に毒だ」

確信を込めた声のキールが悔しそうに歯ぎしりする。

「なぜヴィンスはセラフィ王妃を操る？　兄上を助けたいとでも吹き込んだか？」

「こうは考えられませんか。ヴィンスさんは言葉巧みに王妃に近づき、首尾よく操って毒を手に入れ、殺そうとしている」

「誰を、なんのために」

低い声に、ぐっと息を呑んだ。

「あなたを殺すつもりかもしれません」

「私を……？　なぜだ」

途方に暮れたような目で呟くキールは口元をこわばらせながらも、思案する。

「やはり、そう、か。セラフィ妃は私の母サラを憎んでいる。最愛の兄上は病に伏していて、本来の第一王子という立場にいつ戻れるかわからない。……憎い愛人の息子である私がいちいち出しゃばるのがいたく気に障る……から、ヴィンスと手を組んで私を消そうとしているのか」

「おそらく」

真実を口にするのは気が引けたが、ここで怯んだらキールを失う。

「ニイナはどうなる」

「まだ幼い姫のことです。あなたの死に嘆き、国を離れるかもしれません。そうすれば、政治に関わるのも難しくなります」

「そうなったらこの国の未来は誰が背負うのだ。私が殺されてしまえば、兄の操り人形にもなれない。父だって永遠の命ではない。セラフィ妃がアルストリア国を率いるのか？」

「表向きには」

「どういうことだ。教えてくれ」

「すべてはヴィンスさんが画策していたら？　ヴィンスさんがアルストリアを乗っ取ろうとしていたら？」

「なぜ外つ国からやってきたヴィンスがそんなことを――いけない、隠れろ！」

頭を押さえ込まれ、慌ててしゃがみ込んだ。頭上できいっと窓の開く音が響き、のんきな声が聞こえてきた。

「いい夜風だ。おい、おまえら、こっちに来てみないか。どいつもこいつも呑みすぎだぞ」

「おまえに言われたかねえ」

「確かにな」

どっと弾ける笑い声に、冷や汗が背中をすべり落ちる。そっと隣を見ると、キールがくちびるの前にひと差し指を立てている。浅く顎を引き、息を殺した。

男たちはしばし話し込んでいたが、そのうち満足したのか、窓を閉めて遠ざかっていく。

「……命が縮んだ……」

「すみません……」

うなだれる奏歌に、キールが可笑しそうに笑う。

「いや、いい。気にするな。私が話しすぎた。……もうヴィンスも王妃も帰ったようだ。私たちも城に戻ろう」

「はい」

足音を忍ばせて酒場をあとにし、街外れでおとなしく待っていた馬の鼻面を何度も撫で、城へと続く坂道をゆっくり上っていく。

街の灯りが遠くなってゆくにつれて頭の上に広がる星々が強くまたたき、その美しさにしょっちゅうキールとともに立ち止まった。

「お城から離れたのって、そういえばこれが初めてです……。空がこんなに広いなんて思わなかった」

「私も外に出て、城へ戻るたびこの星空の美しさに気づく」

キールがぽつりと呟いた。

「目隠しをしてもどこになにがあるか当てられるくらい知り尽くした城にいるときは、なにもかも窮屈だとわがままなことを思うのに、一歩外に出た途端、自分の無力さを思い知る。一国の王子でも、馬も勲章もなければ星よりちっぽけな存在だ」

空を仰ぎ見るキールのぽつりとした言葉がどことなく寂しい。

この世に存在するほとんどの宝を手にしている彼でも孤独を感じるのだ。愛する母を失っているのだから当然かもしれない。

「――あなたは出会ったときから俺に親切でしたよ。そういうのって、王子様でもそうでなくても変わらないと思います。キール様は勲章をつけてなくても、素晴らしい方です」

「……そう言ってもらえると勇気が出る」

キールが手綱《たづな》を握り、奏歌は白い馬のたてがみをやさしく撫でる。じんわりと温かい馬の身体に触れているだけでほっとする。

今夜見たことのすべて――自分が知っていることのすべてが嘘ならいいのに。そう願わずにはいられない。

自分だけが物語の先を知っているなら、誰よりも先に『明けの明星からこぼれ落ちた奇跡』を見つけることはできないだろうか。

手がかりはほとんどないが、それはキールも同じだ。王子である彼は公務でなにかと忙しい身だし、自分がひそかに動いたほうがいいかもしれない。

首尾よく解毒剤を見つけることができたら、万が一の際に素早くキールを助けることができる。

とにかく、探してみよう。こころに固く決めてキールに寄り添った。

11

継母とはいえ、王妃が王子を亡き者にしようとしていることをあらためて考えると、胸がふさぐ。

ここでは、元いた世界では考えられなかったような企《くわだ》てや思惑が横行している。アルストリアを囲む新しい世界のしきたりにすこしずつ馴染んだつもりでいても、たまにひどく驚かされる。

愛情よりも領土や権威ある立場を重視するひとびとが多いのだろう。

あれこれと考えていたらうまく寝つけず、ベッドの上を転々と動き回った。

こうしている間にも、キールの最期《さいご》は迫っている。物語の筋を書き換えるために自分はここに飛び込んできたのだが、やはり無力感を覚えることはある。

なにもできないんじゃないだろうか。

もがいても、あがいても、傍観者の立場を抜けることはできないのではないか。

「だめだな、こんなんじゃ」

大きく息を吐き出し、いつまで経っても眠気の訪れないベッドを下りて庭園を散歩することにした。

こういうときは外の空気を吸ったほうがいい。

服を着替えて夜の庭に出てみると、静寂が広がっていた。虫の声がかすかに向こうから聞こえる。十時過ぎの庭園は闇に包まれているが、奏歌のようにふらりと散歩したい者のために、要所要所でちいさな灯りが点いている。輩を警戒するためという理由も大きいだろう。

アルストリアは平和だが、ここが大陸ならば、近隣には戦が行われている国もあるに違いない。いつ敵に攻め込まれるかわからない場所で暮らすというのはどんなこころもちか。

ぼんやりとした灯りを頼りにしながら歩いていると、「おや？」と艶のある声が聞こえてきた。はっとして視線を向けると、葉が茂る大樹に寄りかかっていた男が近づいてくる。

ヴィンスだ。

「またお会いしましたね、奇遇だ。眠れませんか？」

以前よりもずっとやさしい声だ。

「ヴィンスさんも……ですか？」

「ええ。夕方にうっかり寝てしまいましてね。いまになって目が冴えてしまったので、夜気でも吸おうと思って」

そう言って微笑むヴィンスに怪しいところはなく、ただ綺麗な男というだけに見える。もちろん、才気走っているが、初めて顔を合わせたときはもっと冷ややかだった。

流されてはいけないとおのれに言い聞かせる奏歌に気づいたのか。ヴィンスはにこりと笑い、大樹の根元にしつらえられたベンチにいざなってきた。

「よかったらすこし話しませんか」

「俺と、ですか」

「外つ国から来た者同士、なにか共通点があったら嬉しいです」

内心訝しみながらも、彼と並んで腰かけた。街の酒場で、ひそかにセラフィ王妃と落ち合っていたのはついさっきのことだ。

「奏歌さんはもうアルストリアには慣れましたか」

「前よりは、だいぶ。ここに来た頃は近くの森で迷ってしまって皆さんにご迷惑をおかけしました」

「ああ、わかります。あそこは奥のほうが入り組んでいるんですよね。慣れていても迷う者がいるそうですよ。私も方向音痴なので、森に行くときは誰かについてきてもらいます」

「森には散歩へ？」

「息抜きと運動のために。不自由のないこの城で暮らしていると、体力が落ちてしまいますからね」

いたずらっぽい目をするヴィンスに、「ええ」と奏歌も頷いた。

奏歌たちは客人だから、余計に丁寧に扱われる。寝るのにも食べるのにもまったく困らないここでなにもしていなかったら、身体があっという間にぐずぐずになりそうだ。

城の暮らしについて言葉を交わしているうちに、こころがほぐれていく。

ヴィンスは話しやすく、思っていたよりも気さくだ。

――ひょっとして、ここでもまた、物語の筋が変わってきているんじゃないか？　彼は悪党だと小説に書かれていたけど、俺がこの世界にやってきたことで、ヴィンスの考えも変わった可能性がある。じつはいいひとで、ただの旅人とか。王妃と会っていたのも、キール様の毒殺計画とはまったく関わりがなくて、もっと国政に必要なことを話し合うためだったとか。占星術師のヴィンスは、まっとうな意味で王妃の相談役を務めているのかもしれない。俺が、あの小説に引っ張られすぎているだけで……でも、ほんとうにそんなに簡単に信じていいんだろうか。

簡単にほだされてはいけないと思うものの、話術が巧みなヴィンスといつの間にか話し込んでしまった。

提供される食事の美味しさや、庭園をはじめとする美しさ。城を守るひとびとの親切なもてなしについても話が弾んだ。

「どなたも温かくて親切で、私のような流浪の民にも分け隔てなく接してくれます。ありがたいことです。普通は外つ国から単身やってきた者は疑われるだけなのに」

「確かに。俺もよくしていただいて、申し訳ないくらいです。ほかの国だったら、問答無用で牢に入れられてもおかしくありませんよね」

「ええ。私たちは幸運です。見張りもなく、こんなふうに夜、散歩もできるなんて」

身に余る幸運を互いに喜び合った。

各地をさすらってきた男の言葉には説得力がある。

刻々とヴィンスにこころを開いていきそうで怖かった。それだけ、彼は話がうまいのだ。そそのかされてはいけない、どこかに落とし穴があるはずだと必死に自分を律していたところへ、「そういえば」とヴィンスが眉を曇らせる。

「ときに、奏歌さんだったらこの国に伝わる『明けの明星からこぼれ落ちた奇跡』についてご存じでしょう？」

「耳にしたことはあります」

びくんと身体を震わせたことに、ヴィンスは気づかなかったようだ。

「あれが万能の解毒剤だと聞いたことがありまして……じつは、こんな話をしても疑われるかもしれませんが、私はときどき誰かに命を狙われているのではないかと疑心暗鬼《ぎしんあんき》に陥ることがあります」

「この城で、ですか？」

「ええ。食事やお茶を取ったあとに、やけに眠気に襲われることがあって。いまはまだ耐えられるのですが、そのうち昏睡《こんすい》状態になるのではないかと……」

「そんな。誰があなたを……」

「私はそもそも、身元が不確かな者ですからね。星の動きを読むことに長けていたおかげで王妃様に招いていただきましたが、そのことをよく思わない者もいるのでしょう。ただの脅しなら笑ってすみます。ですが、そうじゃない場合は――わかりますか？」

「わかり、ます」

掠れた声で呟いた。

ヴィンスに降りかかる恐怖が、いつ自分のものになるかわからない。

奏歌とて。キールに親切にしてもらって城に逗留しているが、突然やってきた者を不審に思って追っ払いたい者がいても不思議ではなかった。

――騙されるな。彼は嘘を言ってるかもしれないのに。

頭の中で警鐘が鳴り響くが、うつむくヴィンスの横顔を見ていると、まるっきりのでまかせを口にしているようには見えない。奏歌がこの世界に来たことがヴィンスの運命を変えたのかもしれない。しかし、とんでもない大嘘つきの可能性も捨てきれなかった。

「もし……もしも、ほんとうにまぼろしの解毒剤が存在しているなら、私はお守りにしたいと考えております。奏歌様、手を貸してくださいませんか」

「どんなふうにですか」

「秘薬を探してほしいのです。もちろん、私も探します。――その薬は、夜が明ける頃、空に輝く星が照らす方角にこぼれ落ちている、ということはさまざまな文献からもわかっております。ただそれが、どんな形をしているかまでは摑んでいないのです。ただ、薬にするならば、薬草だという気がします。あるいは動物の内臓ということも考えられますが、明け方に活動している動物は、この地域ではとてもすくない。ならばやはり、草かと」

「目印になるようなものはありますか?」

「ひとつだけ。紫色に輝くそうです」

微笑を浮かべたヴィンスが言う。

「アルストリア家の方々の瞳と一緒ですね。きっとあの方たちの力を宿した薬が存在するのでしょう。ただの伝説ならば、致し方ありません。私は私の身を守るしか……」

言葉を切ったヴィンスに偽りの陰はみじんも感じられない。かといって、たいした役者だと笑い飛ばすこともできなかった。

――ただ、薬を探すだけなら。それだったらべつに、危険なことはない。解毒剤を彼に渡したところで誰かを殺せるわけじゃない。むしろ、助けることができる。

ヴィンスを信じきるのは早計だ。その一方で、ただ手をこまねいているわけにもいかない。

「『明けの明星からこぼれ落ちた奇跡』って、ひとつしか存在しないことはありませんか？」

「ある程度の数はあるのだとか。ひとかたまりになっている、という記述を見つけました。ひとつしかないのならば、そう書いてあるはずです。ですから、もし見つけたら、念のためにいくつか取っておきましょう。互いに持っているだけでお守りになるでしょう？」

「ええ。協力します。俺に見つけられるかわかりませんけど、万が一のために」

「そんなことがないのがいちばんなんですけどね」

はっきりと頷く占星術師に力を貸すことを承諾し、互いに探す場所を相談した。星が指し示す方角といっても、範囲は広い。ひとまず、日替わりに探すことを約束した。

紫色に光るなにか。

これから待ち受ける運命を思うと、一日でも早く手に入れたかった。

12

『ヴィンスとセラフィ妃が密会していたことは誰にも言わないでくれ』

キールに言われた翌日、眠い目を擦って朝食を食べ終えた奏歌はニイナと一緒に庭園を歩くことにした。

昨晩はヴィンスと話したことでさらに神経が昂り、とうとう一睡もできなかったのだ。

まだ陽射しが強い季節だ。真っ白な傘を彼女のために広げて歩いていると、弾むような足取りだったニイナが、ぴりっという音とともにぴたりと立ち止まった。

泣きだしそうな顔を向けられ、つい笑ってしまうところだった。

「またですか、姫」

「……また破いてしまいました……私、だめですわね。女の子はしとやかにしていないとお嫁にいけないのに」

「そんなこと、誰が言いました？　キール様ですか、アディ様ですか」

「お兄様たちはなにも。ニイナはそのままでいいって。……でも、お城を歩いていると、ニイナは、とんでもないおてんばだってたまに噂を耳にするので」

奏歌は日傘を傾けて影を作ってやり、微笑みかけた。

「お兄様たちの言うとおり、ニイナ様はそのままでとても素敵ですよ。一日も早くお嫁に行きたいんですか？」

「いいえ。まだぜんぜんそんな気になれない。このままずっとお兄様たちのおそばで過ごしたい。お父様も大好き。お母様は、……お母様はだいぶ変わってしまわれたけど」

「セラフィ妃って、どんな方なんですか？　まだお会いしていないのでよくわからなくて」

「四阿でお茶しましょう。お話ししてあげる」

手を引かれ、心地好い風が吹き抜ける四阿に足を踏み入れた。すぐにナサが香りのいいお茶を運んできてくれる。

可愛らしい花が描かれたカップを両手で包み込むニイナは、どことなく寂しそうだ。

「お母様は、とてもやさしくて素敵な方よ。わたくしがこんなに大きくなっても、毎晩子守り唄を歌ってくださいましたわ。普通のお姫様は、お母様に唄を歌ってもらうことなんてないってアディ兄様が笑ってました。……お母様が歌わなくなったのは、あの方が来てから」

「あの方というと」

「ヴィンス様です。お会いになりまして？」

「ええ、二度この庭で」

「どうお思いになる？　ヴィンス様のこと、どうお思い？」

不安そうな顔に胸が締めつけられる。

言葉を選ばないといけないが、キール同様、勘の鋭い姫に隠し立てしても通用しない気がする。

「二度しかお会いしていませんが、ヴィンスさんは……」

言葉に窮した奏歌に、ニイナは声をひそめた。

「怖いことを言うからよね」

「なにか言われたんですか？」

「わたくしたちきょうだいは、みんなばらばらになるって。わたくしは遠い国に行くことになるんですって。一年中、冬将軍が支配する雪の国へと旅立つとも。あの方が星の動きを読むことができるのは知ってらして？」

「占星術師ということですよね。お力のほどは知らないのですが」

ここも慎重を期した。セラフィ妃が絶大な信頼を置いているヴィンスがインチキだということを、軽々しく吹き込むのはためらわれたのだ。

「アディ兄様が胸を悪くしてらっしゃるのは、わたくしたち家族しか知らないことだったの。あのはやり病はとても感染力が強かった。わたくしとキール兄様が後遺症もなく治ったのはひどく幸運だったとお父様に言われましたわ。アディ兄様、いまでもおつらいときは一晩中咳が止まりません。国中に広まった病で、誰もが一度はかかりました。二度かかることはないとお医者様たちが断言してくれましたけど、お父様はアディ兄様が心配で外に出せないの。完全に治るまでわたくしたちだけの秘密にしようって……なのに」

「なのに、外からやってきたヴィンス様が言い当てた？」

「ええ。アディ兄様の胸の病を治せるのは私だけです、って。それを聞くなり、お母様はヴィンス様を城に住まわせました」

息子の病を言い当てられたら誰でも信用する。

ヴィンスが秘密を見抜く目を持っているのは確かかもしれないが、他人の顔を読むことに長けていたら相手がなにを隠し持っているのか、ある程度は摑めるものだ。

記憶しているかぎり、奏歌が読んだ小説に登場したヴィンスは他人に取り入るのが異様にうまかった。

占星術師というのは都合のいい隠れ蓑で、実際には恐ろしいまでの現実主義で野心家だ。

それをニイナやキールにどう伝えればいいのか。

べつの世界からやってきたことは受け入れてもらえたけれど、彼らが小説の中の登場人物だと言ったらさすがに呆れられる。

百歩譲ってわかってくれたとしても、「誰かが私たちを創り上げたなら、結末も決まっているはずだ。教えてくれ」と絶対に言われる。

自分がキールの立場ならなにがあってもそう聞く。他人に創られた人生なんて、聖人でも呑み込めないはずだ。

「奏歌様、どうなさったの？」

「なんでもありません、すみません。お茶、お淹れしますね」

気を取り直してポットを手にすると、ニイナも笑顔を向けてくる。

「あさっての晩餐会、楽しみね。奏歌様、ダンスはどう？　もう踊れる？」

「はい、キール様が特訓してくれたおかげで、ステップを踏めるようになりました。上手とは言えませんけど、なんとか恥をかかなくてすみそうです」

「だったら、わたくしの相手もしてね。こう見えてもわたくし、ダンスは得意なの。華麗に奏歌様をリードしてみせますわ」
明るい言葉に、ふたりで顔を見合わせて笑った。

13

「すごい……！　すごいですね」

口を開けば同じことばかり言ってしまう自分が恥ずかしくなるが、ほんとうにそうなのだ。視界に映る光景に圧倒され、奏歌は大広間を見渡した。

きらきらとまばゆい光で部屋中を満たすシャンデリア。向かい側の壁は遠すぎてよく見えない。深紅の絨毯《じゅうたん》を歩く招待客たちは誰もが華やかな衣装を身に着けていた。

男性は皆、おとぎ話の主人公かと見まごうような凜とした姿で、女性はひとりひとりが女王みたいだ。色とりどりの花にも負けぬ美しいドレスときらびやかな宝石、そして独創的なヘアスタイルも見物だ。

大きく開かれた扉から次々に広間に入ってくる客たちは笑いさざめき、宴の始まりをいまかいまかと待ち構えている。

吹き抜けになった二階のバルコニーから広間を見下ろしていた奏歌はネイビーの生地にゴールドの刺繍が施された衣服を身に着け、控えめな宝石がはめ込まれた剣を佩いていた。

隣に立つキールをそっと窺い、感嘆のため息をつく。

まさに、光り輝く王子だ。

誰しもを平等に照らす太陽の光ではなく、あまたの星を従え、夜空に君臨する月の冴え冴えとした光だ。

どこかすごみを帯びた月光の鋭さを、キールも兼ね備えている。ひとびとがキールを目にしたとき、最初に抱くのは安堵ではない。それを与えるのは、兄のアディやニイナだ。

キールに射すくめられたひとはその瞬間怖じけて逃げ出すか、生涯虜になるかのどちらかだ。

自分は間違いなく、夢中になったひとりだ。

アッシュブロンドの髪を撫でつけ、綺麗な額をあらわにしたキールは王族の証しである紫の上衣と真っ白な下衣、そして彼以外が身に着けたら悪趣味に思えるような強い輝きを放つ宝石を埋めた剣を佩いていた。

「そんなに見つめられたら照れてしまう」

「す、すみません」

知らず知らずと視線を奪われていたことに顔を赤らめた。

「どこかおかしいところはないか？　服の裾がめくれているとか、髪がはねているとか」

「完璧すぎて怖いです。出会ったときから美しいひとだなって思ってましたけど……今夜はとびきり素敵です」

こころからの賛辞に、キールは目を丸くする。それから可笑しそうに吹き出した。

「私より、奏歌のほうがずっと口説き上手だ。おまえの熱く甘い言葉を聞いていると、跪《ひざまず》きたくなる」

「王子のあなたがなんてこと言うんですか」

奏歌も肩を揺らし、もう一度広間に視線を戻す。元いた世界で、テレビや映画の中にこんな光景を見たことがある。人形みたいに着飾ったひとびとはえり抜きのアルファと裕福なベータ、そして選ばれたオメガだろう。

「そういえば、この国にはオメガっているんですか？」

「もちろん。我が国は繊細な彼らを幼い頃から守っている。この間、一緒に街に出ただろう。たいていの場所は安心して歩けるが、裏道はやはりどこの国もいささか物騒だ。オメガがそこに紛れ込んでしまえば、身の危険に脅《おびや》かされることもある。国の王子としては恥ずかしい話だが……事件や事故を避けるためにも、オメガが住む家には特別な警護を布《し》いている」

「そこまでしてもらえたら、夜も安眠できます」

「男も女も子をなすことができるとなったら、まずは鬱陶《うっとう》しいほどの安全が第一だ。生活が保証されてこそ、しあわせな将来を描けるだろう？」

「そうですね。……俺も、この国に生まれたかったな」

「おまえはもうアルストリア国の民だ。そして、私の生涯でたったひとりの大切な運命だ」

熱のこもる言葉を編み出すのは、やっぱりキールのほうが上手だ。

華やかなファンファーレが聞こえてきた。

「父上とセラフィ妃だ」

キールが顔を向けた先——三階のバルコニーにしつらえられた玉座に、見事な衣装をまとった男女がゆったりと現れた。イニシュ国王とセラフィ王妃だ。

初めて目にする国王とその妃は威厳に満ちあふれ、広間に集うひとびとを圧倒する。

金色の肩章がまぶしい国王は目にも鮮やかな紫のマントを羽織り、美しい石をはめ込んだ冠をかぶっていた。

隣に立つ王妃はさらに豪華な装いだ。赤い宝玉が中央を飾る宝冠をうやうやしくかぶり、胸元が広く開いたドレスは純白で、金糸銀糸で上品な刺繡が施されているのが奏歌にもわかった。

顔を見るまではもっと怖そうな国王だと思っていたが、そんなことはない。穏やかな目元にキールの面影が感じられた。

セラフィ妃には内心恐れを抱いているせいか、近寄りがたさを感じてしまうのは否めない。ニイナをもっと貴族的に、そして高圧的にしたら、王妃になるのかもしれなかった。

「皆の者、今宵は私とセラフィのために集ってくれたことをこころより感謝する。冬の国ハルドラとは友好的に交渉を終え、今後のアルストリアはいっそう発展するだろう。この国のために皆の力を求めたい。アルストリアの輝かしい未来を祝福して乾杯しよう」

イニシュの声に、広間を埋め尽くす客が杯を掲げた。あちこちで杯が触れ合う音が聞こえ、音楽隊が奏でる楽しげなワルツがあとに続く。

「父上に挨拶に行くか？　話したいと言っていただろう」

「いいんですか？　お邪魔じゃなければぜひ」

「おまえのことは父上も興味があるようだ。私たちの国を災いから救うために予言の間に現れたんだからな。いまのところ、恐ろしいことが起こる気配はない。奏歌の存在自体がお守りになっているのかもしれないな」

微笑むキールに、こころが揺れた。

自分をこの世界に招いたのはほんとうに神様なのか。

元いた場所で純粋に小説を読んでいたとき、登場人物のひとりであるキールに魅力を感じていた。

彼の活躍を願っていたのに、物語の中でキールは命を落としてしまう。そこでショックを受けた自分は小説を読むのをやめてしまおうかと思ったほどだ。けれどキール暗殺にまつわる謎を知りたくて、やっと最終巻まで読み続けてきたのに。結局先に待ち受ける結末を知らないままここに来たのだ。

非道な作者に代わって、キールの命を救う。

ヴィンスの企てから、キールを——この国を救ってみせる。なにができるか、その場になってみないことにはわからないというのがもどかしいが。

キールとともに国王への謁見を申し出た。親子といえど、公式の場ではそう軽々しく話しかけられるものではないのだろう。

王族も大変だなと考えていると、国王と妃のいるバルコニーの扉が開く。

「おお、キール。宴は楽しんでいるか」

貫禄のある顎髭をたくわえたイニシュ国王が両手を広げ、キールたちを出迎えた。

「はい、父上。継母上《ははうえ》もお久しぶりです。長旅でお疲れになったのではないですか」

「楽しい旅でしたわ。旅の途中は寒くて凍えそうでしたけれど、あちらでは一日中火を焚いて城を暖めてくれましたのよ。おかげで風邪ひとつ引かずに帰城できました」

美しい羽根飾りのついた扇を手にするセラフィ妃のくちびるを凝視した。

色香漂うくちびるは濃い色に染め上げられている。

先日、城下町の裏通りにある酒場に現れた女性と一致する。

間近に見るセラフィ王妃はたぐいまれなる美貌で、森の奥にある湖を思わせるような瞳に射すくめられると喉の奥がつかえる。

あの湖に現れる魔女というのはただの言い伝えではなく、彼女ではないかと疑いそうだ。

「――その者が噂の予言者かしら」

ちらりと視線を投げてくるセラフィ王妃に、奏歌は慌てて頭を深く下げた。

「奏歌と申します」

「彼がそうか。もう奇跡は起こしたのか？」

可笑しそうに言うイニシュだが、その声音に意外にも悪意を感じない。たぶん、ほんとうに奏歌の存在を面白がっているのだろう。

「予言の書に記してあったことは真実だったのか。ずっとおとぎ話だと思っていたが、キールの話を信じれば、ここととは違う世界からやってきたそうだな」

「ええ、私も最初は驚きました。単なる旅の者ではないかと探ったのですが、奏歌が予言の間に現れたとき、この世界にはないものをたくさん所持しておりました」

「ほう、どんなものだ」

「奏歌、父上にお見せできるか？」

「はい」

手に提げていた通勤鞄を正面に持ち替え、中からマグボトルと弁当箱を取り出してみせると、イニシュ国王とセラフィ王妃が目を丸くする。

「この筒状のものには、飲み物を入れるのだろう？」

「そのとおりです、陛下」

「では、こちらは……そうだな……本か？」

目を輝かせるイニシュ国王は新しい物好きのようだ。純粋な好奇心に奏歌は微笑み、綺麗に洗ってある弁当箱の蓋を開けた。

「空っぽだ」

「これは、遠出をする際に食料を詰める箱です」

「金属でできているのか……私の剣でもここまで薄くすることは不可能だ。もっとよく見せてくれ」

弁当箱を渡すと、イニシュ国王は表、裏とひっくり返し、不思議そうな面持ちで蓋を何度も開く。

「私たちが食料を運ぶときは、たいてい革袋だ。イッシの肉もマキシンのパンも、革袋に詰める。酒や水は瓶に入れる。どちらも、道中ぬるくなったり冷めてしまったりするがな」

「この箱と水筒は保温性にすぐれています。温かいものは温かく、冷たいものは冷たく運ぶことができます。しっかり密閉するので、熱々のキルコのスープを遠くに運べます」

「なんと、そのようなことが。試してみたいものだ。貸してもらえぬだろうか」

「陛下に献上いたします」

「それはいけない。おまえの大切な思い出だろう。私は借りるだけでよい」

弁当箱とマグボトルを手にしたイニシュ国王は微笑みかけてくる。

「近々狩りに行くことになっている。そのときに、奏歌の弁当箱と水筒を持っていこう。イッシの肉とヌヌアの実を焼いて持っていこうか。帰りは森になる実を採って弁当箱に詰めるのもいいな。そうだ、滝の水を水筒に入れるのもいいか。あそこの水は一年中冷たくて美味しい。いままでは城に運び入れるまでどうしてもぬるくなってしまったのだ。奏歌の水筒を試してみたい。キール、狩りにはついてこい」

「喜んでお供いたします。父上、そろそろ広間で皆と踊りませんか？　これだけ大きな宴も久しぶりです。皆、父上の見事なダンスを待ち焦がれていますよ」

「それもそうだ。食事前に腹を空かせておくとしよう。セラフィ、まいろう」

「はい、陛下」

差し出された腕に摑まるセラフィ王妃がかしこまる奏歌の様子を窺ってくる。

内心、彼女を怪しんでいることはけっして気取られてはいけない。ニイナやアディの母とはいえ、彼女はヴィンスにそそのかされて第二継承権を持つキール暗殺を企んでいるのだ。

病弱なアディが次期国王の権利を持っていても、ベッドから離れられない身体では公務を行うのは難しい。

となったら、キールが代わりに実権を握るだろう。

アディを慕うキールのことだから、王位はアディに預けたまま、自分は裏に回るはずだ。しかし、いつまでその体制が続くか誰にもわからない。

アディの病状が悪化し、帰らぬひととなったら、問答無用でキールが即位することになる。セラフィ王妃にとって、それだけは避けたい事実だ。

愛人の子を王位に即《つ》かせるなんてなにがあっても許せない――冷ややかに整った美貌は、無言のうちにそう伝えてくる。

セラフィ王妃とつかの間視線を交わし、ぴりっとした痺れのような緊張感が全身を走り抜ける。

セラフィ王妃が、もしくは彼女から皮の小袋に入った毒を受け取ったヴィンスが、いつ、どこでキールに毒を盛るのか。目を皿のようにして見張っていなければ。身を固くし、奏歌は腰元を軽く押さえた。上衣のポケットには、秘薬が入っている。

昨日の明け方、やっとの思いで見つけた『明けの明星からこぼれ落ちた奇跡』だ。足を棒にして探した結果、ほんとうに星が指し示す方角に紫色に輝く素朴な草花を見つけた。

淡い光を放つ群生を信じられない思いで見つめ、慎重に数本抜き取って急いで城に帰り、陽が昇るのをじりじりと待った。そして、朝食を食べ終えるや否や、典医の元へと走った。

典医にはあらかじめ、『特別な解毒薬を探しています。見つけたらお力を貸してください。かならず役に立つ日が来ます』と相談してあった。

『私に任せてください。いますぐ調合して、あなたにもお渡しします』

すり潰した秘薬はその薄い紙に包まれ、どんなときでも取り出せるように持ち歩くことにしたのだ。

疑わしいのは、この夜会だ。つまらない疑惑ですんでくれればよいのだが。

広間に下りていく国王たちのあとをついていくと、階段の踊り場で深く頭を下げる男がいた。ヴィンスだ。艶のある濃紺のローブを身体に巻きつけた占星術師はこうべを深く垂れる。

「ご機嫌麗しゅうございます。国王陛下」

「ヴィンスか、久しぶりだな。我が国での暮らしはどうだ。不自由はしておらぬか？」

「なにひとつ。王妃様の取り計らいで、大変快適に過ごさせていただいております。ときに、アディ王子様のご体調ですが、ここ数日、快方に向かっております。王妃様が雪国から持ち帰ってくださった薬のおかげかと。薬は、あのちいさな国のごく一部でしか入手できません。諸外国からも求める声が多いのですが、手間暇がかかるせいでほんのすこししか精製されないそうです」

「それを聞いてほっとした。旅の途中でセラフィが供もつけずにひとり外出したのはそのためだったのだな」

「陛下にお話しできなくて申し訳ございません。ヴィンスを通じて手に入れる約束はしていたのですが、万が一話が外部に漏れると、盗賊に襲われるかもしれないと言われたものですから」

扇で口元を隠したセラフィ王妃がにこやかに応じる。愛息のために秘薬を手に入れたというのは真実なのだろう。その陰でキール毒殺に使う薬を手に入れたのではないかという疑いも捨てきれないが。

そんな奏歌たちをよそに、イニシュ国王たちは和やかだ。

「水くさいな、セラフィも。こっそり教えてくれれば警護もしたのに」

「陛下は心配性でいらっしゃるから。危ないことはありませんでしたわ。報酬も宝石五つですみましたし」

「もっと礼をしたい。アディがよくなるならどんなことでも。なあ、キール」

「父上のおっしゃるとおりです」

キールは笑顔で頷くが、その声音は慎重だ。セラフィ王妃とヴィンスが密会していたのは記憶に鮮やかだ。

あの夜を思うとこころが揺れる。

ヴィンスのほんとうの顔はどれなのだろう。セラフィ妃と会っていたことにはなんの意味もないのか。それとも、奏歌と一緒に薬を探したいと言ったほうが偽りの顔なのか。

「アディ王子様もあとでおいでになるそうです」

「ほんとうか、ヴィンス。アディが公式の場に姿を現すのは久方ぶりだぞ。皆もたいそう喜ぶ」

そう言うイニシュ国王がいちばんはしゃいでいた。そわそわした様子であたりを見回し、ヴィンスに頷く。

「なにもかもおまえのおかげだな、ヴィンス。晩餐会が無事終わったら褒美を取らせよう。なんでも申せ。なにがいい？」

「――では、この国をひとつ」

きらりと目を光らせたヴィンスに、胸がごとんと弾む。

牙《きば》を剝くような表情が引っかかり、思わずヴィンスをまじまじと見つめたが、彼は澄ましている。

イニシュ国王は首をのけぞらせて可笑しそうに大笑いする。

「それくらいなんてことはない。アディを救ってくれたのだから……というのは冗談で、おまえには我が国に代々伝わる宝剣を贈ろう。夢のように美しい剣で、埋められた宝石ひとつだけでゆうに数年は暮らせるぞ」

「光栄でございます」

――冗談、なのか。ほんとうに？

ヴィンスの野心がやはり本物かもしれないと案じるが、うかつに口を挟めなかった。

事実を知っているのは彼と密かに会っていたセラフィ妃と、企てを懸念しているキール。

そして、すべてを知っているであろう自分。

だが、その自分が惑っているのだ。

ヴィンスが仮面をかぶっているのだとしたら、お見事というほかない。初めて顔を合わせたときには疑いを持たせても、その後に心底誠実な態度を見せられたら、誰でも警戒を解くに違いない。

ひとは、自分の勘に踊らされがちだ。実直に接してきた人間が裏切った場合、落胆とともに『そういうこともあるだろう』と諦めることができる。しかし、初対面で疑惑を抱いた人間が真摯に接してくるのを見たら、自分がいかに浅はかだったかということを恥じ、その者の言葉を深く信じるようになる。

心理的な駆け引きをヴィンスが仕掛けていたら。

ふくれ上がる不安をどうにかしてイニシュ国王に耳打ちしようかと一瞬本気で考えたが、疑われるにきまっている。なにせ、相手はアディ王子を救ったヴィンスだ。違う世界からやってきたというだけで、なにも形にしていない自分がこの場で言葉を尽くしても信じてもらえないだろう。

無力感に下くちびるを噛み、傍らを窺うと、キールも沈鬱な表情だ。

「奏歌……」

掠れた声に浅く顎を引いた。いますぐヴィンスを問い詰めたいのに、できない。証拠がひとつもないのだ。

「お引き留めして申し訳ございません、国王陛下。皆様がお待ちです」

「ああ、またあとでな」

手を取り合って階段を下り、広間へと足を踏み入れるイニシュたちを、詰めかけていたひとびとの歓声が迎える。笑みを浮かべつつヴィンスは静かに引き下がり、奏歌たちの視界から消えていった。

厳格そうな顔をほころばせるイニシュは、大勢の民に愛されているようだ。隣で微笑むセラフィの冷淡な笑みが気にかかるが。そのあとへキールとともに続き、音楽隊の奏でる曲に合わせて互いの手を取った。

「――いまは踊ろう、奏歌。ステップを覚えてるか？」

「覚えてます」

「私がリードする」

正面から向き合い、視線を絡めてステップを刻む。

顔が映り込みそうなほど磨き抜かれた床はうっかりすると足をすべらせそうだが、キールに教わったステップをひとつひとつ思い出していくと、気がまぎれる。

着飾った紳士淑女に囲まれて踊るのは初めてで、だんだんと気分が高揚していくようだ。

キールの手は大きく、温かい。初心者の奏歌をしっかりとリードし、腰に手を回してきたかと思ったらくるりとターンさせられて、ついくすりと笑った。

「上手だ。踊れるじゃないか」

「キール様が教えてくださったおかげです」

三曲続けて踊り、気持ちいい汗を背中に感じながらひとの輪から外れると、階段のほうから大きな歓声が上がった。

振り向けば、アディとニイナだ。

目にも鮮やかなコバルトブルーの服を身に着けたアディに、咲きたての薔薇を思わせる真っ赤なドレスをまとったニイナが寄り添い、満面の笑みを浮かべながら階段を下りてくる。

「ああ、アディ、ニイナ！」

声を震わせて駆け寄る国王たちにアディは嬉しそうに頷き、キールと奏歌にも目配せしてきた。

「今宵の宴がこれほど盛り上がっているのだと知っていましたら、もっと着飾って参りましたのに。——父上、ご無沙汰しておりました」

「まさか今夜ここでおまえの顔を見られるとは思っていなかったぞ。もう、身体はいいのか」

「はい、母上からいただいた薬がよく効いて、歩くこともできます」

「アディ兄様、無理はいけませんわ。ついさっき寝台から出たばかりですのよ。椅子にお座りになったら？」

てきぱきと世話を焼くニイナに、「おまえと一曲踊ったらね」とアディは微笑む。

「長いこと伏せっていた私に日々の喜びを伝えてくれたニイナやキールには、礼を言っても言い足りない。こうして私があの塔を出て、広間にやってこられたのもやさしいおまえたちがいてくれたからだ。こころから感謝しているよ」

「光栄です、兄上。では、私とも踊りますか？」

「誰よりも目立ってしまうぞ」

「皆様を夢中にさせてしまいますわね」

きょうだいが笑い合う姿に胸が温かくなる。

セラフィ妃が持ち帰った薬は、確かに効いたようだ。そのことにほっとした瞬間、緊張が解けて、喉の渇きを覚えた。

熱気がこもった広間に集うひとびとは召し使いたちからグラスを受け取り、そこかしこでお喋りに興じている。

「アディが戻ってきたお祝いをしなければ。まずは乾杯しよう」

「私たちもなにか呑むか。果実酒でいいか？　とっておきの酒がある」

「ぜひ」

そばに控えていた召し使いがキールの呼びかけに応じて、銀盆を差し出してくる。

——この杯に毒物が仕込まれていたら。

身構えたものの、杯に怪しい仕掛けを施した者は皆無だし、慎重に目を凝らしたが、おかしな点も見当たらない。

キール殺害を狙って毒を盛るにしても、こんな衆人環視の中ではなく、もっと違う場面なのかもしれない。

イニシュ国王、セラフィ妃、アディ、ニイナ、キール、そして奏歌の六名がそれぞれグラスを手にし、笑顔で掲げた。

「我が息子アディ、そして愛するニイナ、キールのために。セラフィ、おまえの手厚い看病があったからこそアディは回復した。感謝している」

ぐるりと顔を見回すイニシュ国王が目縁をほころばせ、「乾杯！」と杯を掲げた。それを合図に奏歌たちも笑顔で杯を掲げた。

「乾杯！」

「乾杯、お父様、お母様、お兄様、奏歌様にこころからの喜びを」

しあわせそうに微笑むニイナを皆で見守り、香りのいい果実酒を口に含んだ。

この世界に来てから果実酒は水のように呑んでおり、美味いものとそうでないものの区別がつくようになった。今夜の一杯は格別だ。

あっという間に飲み干し、召し使いに杯を返す。

先ほどとは違う顔の召し使いがいつの間にかぴたりと寄り添っていた。

新しい杯を渡され、無意識のうちに傾けようとした矢先、脳内で赤信号が点滅する。

——疑惑の視線を躱《かわ》すため、一杯目は無害で。皆を油断させたところで、二杯目に毒をたっぷりと忍ばせていたら？

身体の底から突き上げてくる恐怖にすくんでいる場合ではない。とっさにキールに飛びついた。

疑うにもほどがあるとおのれを戒めたが、なにかあってからでは遅すぎる。

「キール様、いけません！」

彼が摑んでいた杯を思いきり床に叩き落とした。杯は甲高い音を立てて転がり、紫色の液体がじゅわりと広がる。

「どうしたんだ、奏歌」

「奏歌様？　どうなさったの？」

怪訝そうに、心配そうに顔をのぞき込んでくるひとびとに視線を走らせ、深く息を吸い込んだ。

言うか言うまいか。

賽《さい》は投げられたのだ。臆《おく》している場合ではない。

「キール様は命を狙われています。きっと、そのはずです」

「なんだと?」

「奏歌」

気色ばむ国王の隣で、キールは呆然としている。

「私ではなく――ほんとうに私の命を狙っていたのか……」

狙われていたのはアディだったのではないか。

絶句するキールに目配せし、ごくりと息を呑む。視界の端で、セラフィ妃が眉を吊り上げていた。

ここまで来たら覚悟を決めるしかない。

「キール様を亡き者にしようと企んでいる者がおります。その者は、毒を果実酒に仕込んでいました」

「だが、それはどうやって証明するのだ? キールの酒はこぼれてしまった」

アディが途方に暮れ、身を寄せるニイナは不安そうだ。

キールの予想では、外つ国を旅したセラフィ王妃が特別な毒を持ち帰ってきた、という話だった。そしてそれをヴィンスに渡していたらしいところまでは、ふたりで目撃している。しかし、あれは自分たちの早とちりだったのかもしれない。

セラフィ王妃は自身が持ち込んだ毒を知識のあるヴィンスに本物であるかどうかを確かめさせ、今夜、キール殺害を実行したと考えるのが自然だ。ずっと以前からキールを殺したいと考えていたなら、赤の他人に任せるのではなく、みずから手を下すほうが確実だ。

無味無臭で、証拠も残らない。これならば、どういう方法でも仕込める。飲み物や食べ物に混ぜてしまうのがいちばんいいだろう。

濃い果実酒なら多少濁りがあってもごまかせる。もともと香りがあるし、毒の回りを酔いの回りと捉えられてもおかしくない。

「――セラフィ妃が雪国ハルドラから密かに持ち帰ったものの中に、毒薬があったはず。あの国でしか作れない劇薬を使って、セラフィ妃はキール様を死に至らしめようとしたのです」

「なぜ、なぜだ。セラフィがなぜそんなことを――アディを元気にした薬だって、セラフィが持ち帰ったのだぞ」

目を剝く国王に、セラフィ妃は顔をこわばらせている。美しい頰がひくついたがそれも一瞬で、次には優美な笑みを浮かべた。

「陛下のおっしゃるとおりです。わたくしはアディを助けたくて懸命に薬を持ち帰ったんですのよ。それがなぜ、キールの命を狙うことになるのかしら」

ぎらぎらと怒りに燃える瞳に射貫かれた。だが、ここで後ずさることはできない。

キール、アディ、ニイナの不遇な未来をひっくり返し、しあわせな結末を呼ぶのは自分しかいない。

――俺の予想が間違っていたら、牢に入れられて、生涯閉じ込められるかもしれない。いや、打ち首になる。だけど、それでもいいじゃないか。俺の予想が外れたら、キール様は助かる。あの物語では毒殺されていたキール様が生き続け、セラフィ妃にもつまらない疑いをかけてしまっただけのことだ。その責任を取って俺が死ぬだけなら構うものか。頼む、俺の勘違いであってくれ。

奏歌は昂然《こうぜん》と顔を上げ、真っ向からセラフィ妃に対峙《たいじ》した。

「セラフィ妃にとって、キール様は邪魔だったのではありませんか？　床に伏していたアディ様が王位を継げないかもしれない状況を恐れ、第二継承権を持つキール様を先に殺してしまうことで、アディ様……もしものときはニイナ様が玉座に即けるよう、取り計らったのではないですか」

「ばかなことを！　わたくしひとりにそんなことができると思って？　第一、わたくしはアディのための薬の存在だって、あちらに行く直前にヴィンスに聞いて初めて知りましたのよ。それすら手に入れるのにも散々苦労して……なのに、毒薬ですって？　笑わせないでちょうだい。そんな大変なものを入手しているなら、わたくしはいま頃もっと代償を払っているんじゃないかしら」

「では、前もって誰かが王妃に毒薬のことを吹き込んだ可能性は？　どこで、誰が売っているかあらかじめ教えられていたとしたら？　アディ様の回復薬を隠《かく》れ蓑《みの》にして毒薬も一緒に手に入れたのではありませんか」

ぎりぎりと眉を跳ね上げる王妃は、いまにも扇をへし折りそうだ。

王妃が無罪であるならば、奏歌をひっぱたいて無礼を咎めるはずだ。しかし、彼女はそうしない。

一歩も下がらない奏歌に、キールもアディも、イニシュ国王も圧倒されている。ニイナは両手を胸の前で固く組み、はらはらしていた。

この世界に来た意味を、いまここで証明してみせる。

なんのために架空の物語に放り込まれてしまったのかずっとわからなかったが、ここは、奏歌が守りたい場所だ。

こころから夢中になったキールたちがいる。

悲劇に向かう物語を食い止めたくてやってきたのだ。

腹の底に力を込める奏歌を、王妃は冷ややかに笑う。

「すべてはおまえの空想に過ぎないいんじゃないかしら。そもそも、おまえは予言の間に現れたという氏《うじ》も素性も知れぬ者。もしかしたら咎人かもしれませんわね、陛下。これだけ世迷言を口にするなんて、なかなかできることではありませんわ」

「咎人……そうなのか、キール、奏歌」

「第一、いつキールのグラスに毒が仕込まれたの？　わたくしがやったとでも言うのかしら」

「いえ、召し使いに金を握らせたのでしょう。キール様に杯を渡した召し使いがこっそり毒を盛ったのだと。そこにいる、栗毛の召し使いが」

奏歌が指さしたほうに、ぎょっとする男が立っていた。「捕らえろ」と衛兵に低い声で命じるキールが召し使いの服を探らせると、いつかの晩、街の酒場でヴィンスとセラフィ妃が手にしていた革の小袋がこぼれ落ちた。

そのことにキールもイニシュ国王もはっとした顔だ。

「その中に、薬があるはず。セラフィ王妃が外つ国から持ち帰った毒です」

「ハルドラから……」

国王の声が掠れている。

王たる者、さまざまな謀略、奸計《かんけい》を目にしているだろうが、まさか自分の妻と子どもが争うとは思っていなかったのだろう。

「陛下、恐れながら奏歌の言葉は真実です。セラフィ王妃は雪国から密かに毒薬を入手したのです。その手引きをしたのはほかの誰でもない、ヴィンスです」

顔を引き締めるキールに、アディとニイナが声を失う。

「ヴィンスが――セラフィに取り入ったというのか？　それは確かか」

「はい。すこし前、王妃とヴィンスが城下町の酒場で密かに会っていたのを、私はこの目で見ております」

「そんな証拠がどこにあって！」

「あなたはフードを深くかぶっておられましたね。くちびるは、今夜と同じ色に彩られていました。その色はあなたにしか許されていない色です。どんなに慎重に姿を隠したとしても、誰かが王妃の紅の色を記憶にとどめている――」

「あら、断定できないのかしら」

わずかな勝利を嗅ぎ取って悦に入るセラフィ王妃に、キールはゆっくりと首を横に振る。それから、彼にしてはめずらしく企みめいた笑みを浮かべた。

「そんな失態を私が犯すとお思いですか？　この場を想定せずに？　いいえ、もちろん断定できます。あの夜、あの酒場で美しい紅を差した女性がいたことを店主が証言してくれます。それだけでは足りないでしょうから、王妃のそばにいた客もふたり呼んであります。その者たちは紅の色だけではなく、声も聞けばすぐに誰かわかると言ってくれましたよ」

「……そんな……そんなことくらいでわたくしが疑われるというの？」

初めてうろたえたセラフィ王妃を、イニシュ国王がじっと見つめる。彼の胸にも疑惑が生まれたようだ。

「セラフィ、おまえはなにか隠しているのか？　ほんとうに……キールの命を奪おうとしたのか？　嘘なら嘘だと言ってくれ。おまえを疑いたくない」

「陛下、こんなくだらない話ったらないですわ。キールの話を信じますの？」

「私の息子だ。アディやニイナと同じ、可愛い我が子だ。ヴィンスはどこだ。ついさっき言葉を交わしたばかりだ。本人から話が聞きたい。——誰か！　ヴィンスをここへ！」

声を荒らげる国王にセラフィ妃が青ざめるが、深く息を吸い込み、奏歌に首を傾げた。

「面白い話でしたこと。すっかり引き込まれてしまったわ。ヴィンスにこの先を聞いたらきっと笑ってしまうわね……あら」

「……あ」

彼女がうっかり取り落とした扇を慌てて拾い、手渡す。

「まあ、ありがとう、奏歌」

しっかりと手を握ってくる王妃の紅いくちびるがみるみるうちに吊り上がる。女性にしては強い力に目を瞠り、言葉すくなに後じさろうとしたが、摑まれた指先にずきりと痺れるような激痛が走り抜けた。

刺された。

鋭い針を刺された。

「……ッ……！」

「奏歌！」

あまりの痛みに身体がふらつく。キールが抱きかかえてくれたものの、まっすぐ立っていられない。深く呼吸できず、視界もかすむ。目を開いているだけでも灯りがまぶしすぎて苦しい。

急激な変化が意味するものに思惟を巡らせる時間はそう必要なかった。

毒を盛られたのだ。

これこそ、ヴィンスが仕掛けた罠《わな》だ。

「ごらんなさい。罪を犯した者が自責の念に駆られてみずから命を絶とうとしているのよ！　なんて卑怯《ひきょう》な！」

勝利に酔うセラフィ妃の声が脳内でぐるぐる回る。

「キール様、俺の……俺のポケットに、解毒剤が……『明けの明星からこぼれ落ちた奇跡』、です。いますぐそれを……」

無言で頷くキールが奏歌のポケットから紙包みを取り出し、周囲の止める声も聞かずに、あっという間に飲み干す。

力なくまばたきする奏歌の視界に、王妃の美しい指輪が映る。澄んだ青い石を主役にした指輪は金色の蔦《つた》が絡み合っている。

あの手に摑まれた瞬間、途方もない痛みを覚えた。指輪に毒針を施し、奏歌の手を握って毒を注入したのだ。

「奏歌、しっかりしろ、奏歌！」

一瞬は有利に立ったと思えたが、セラフィ妃のほうが上手《うわて》だった。

いまにも闇に引き込まれそうな奏歌を抱き締め、キールが強く揺さぶる。

「おい、奏歌！」

「ッ、キール……さま……すみません……お役に……立てなくて」

薄れゆく視界の隅でセラフィ妃がしたたかに笑っている。

ぐっとキールが息を詰めたのと同時に、目を瞠った。真っ青な顔が視界に映る。続けて何度も咳き込む王子に血の気が引いた。

まさか、彼にまで毒が盛られたのか。

いましがた彼が呷ったのは、解毒剤などではなく、毒を孕《はら》んだ草花だったというのか。

直感がそう告げていることに震えが止まらない。

ヴィンスは典医までも抱き込んでいたのだと瞬時に悟った。奏歌がそう易々と自分を信じるわけがないとはなから承知しており、たとえ解毒薬が持ち込まれたとしても密かに劇薬とすり替えるよう、典医に命じていたのだ。二重三重の罠にまんまと引っかかった。助けを求めるふりをした彼に陥れられた。

かけらも信じてはいけない男だったのに。軽率な自分に嫌気が差す。

セラフィ妃が奏歌に注入したのも毒ならば、奏歌が典医から渡されたのも毒だった。

自分だけが死ぬならいい。だが、キールが死ぬのはどうしてもいやだ。

愛したひとの命を無残にも散らすことはできない。それがおのれの失態からだと思うと、死んでも死にきれない。

胸が詰まるが、つらくて苦しいのはキールだ。息絶えるまで彼を見つめていたいと涙が滲むのを感じる奏歌に、浅く息をしていたキールが呟いた。

「口を開けろ」

「……え……」

「口を開けるんだ。だめか……ならば」

ポケットから小瓶を取り出し、ひと息に呷ったキールにくちびるをきつく吸われて、ふわっと頭の中が熱くなる。

目を閉じる暇もなく深くくちづけられて、とろりとした蜜が伝わってきた。こくんと喉を鳴らしてしまう自分が淫らに思えて頬が熱い。

「――もう一度。ほら」

うなじを摑まれ、再び喉を鳴らす。甘くて濃い蜜がじわじわと身体に染み渡り、暗くなりかけていた意識を目覚めさせるようだった。

「奏歌……しっかりしろ」

強くくちびるを押し当てたキールがいまにも震えそうな声とともに笑いかけてくる。それがどこか泣きだしそうな顔だったから、胸をかきむしられる。

せつなくなる。

こんな顔をさせたいんじゃない。キールには毅然《きぜん》としていてほしい。誰よりも凜としていて、闇を払い、光とともにある王子でいてほしい。

「息を深く吸い込め。そうだ。そう……薬が全身に回るようにしっかり」

「くす、り……」

「明けの明星からこぼれ落ちた奇跡だ」

キールも小瓶の中身を飲みほして、こちらを見つめてくる。その紫に透きとおる瞳はうっすらと潤んでいた。

王子の言葉に耳を疑った。

「……それ……あったんですか……？　いまあなたが飲んだのが、ほんとうの解毒薬……？」

「ああ、言い伝えは真実だ。私もずっと『明けの明星からこぼれ落ちた奇跡』を探していたんだ。今朝方、やっと見つけることができた。私の瞳と同じ色の石は、この世で唯一の解毒剤だ」

「石……」

草花ではなかった。自分が見つけたのはまったく違うものだっのだとわかると、羞恥で頬が熱くなっていく。

掠れた息の下から呟く間にも指先に熱がなだれ込み、力が入るようになった。

ついさっきまで死の淵《ふち》にあったのに。

信じられない思いでキールにしがみつくと、いとおしげに髪を撫でられる。

「だんだん息がしやすくなってきただろう？　どうだ、深呼吸できるか？」

深く息を吸って、吐き出す。新鮮な酸素を何度も胸に取り込み、「——はい」と微笑んだ。

「もう……大丈夫です」

「無理するな」

よろけながらもキールの肩を貸してもらって立ち上がった。足元が幾分おぼつかないが、キールが必死になって探し求めた解毒剤が速やかに効いたのだろう。

「奏歌様、お水を」

「ありがとうございます、ニイナ様」

幼い姫が差し出してくれた杯を呷れば、意識が冴え渡る。そんな奏歌の肩をしっかり抱いたキールがセラフィ王妃を振り向いた。

「あなたがたったいま、奏歌に毒を盛ったのですね、王妃。その指輪に毒が仕込まれているとお見受けしたが、いかがか」

「……」

すうっと血の気をなくす王妃は周囲を見回し、口元を扇で隠す。先ほどまでの強気な態度が嘘のようだ。

「……なにをばかなことを」

「けっしてばかなことじゃない。身の潔白を証明したいなら、いまこの場で父上の手を握ってくれませんか。毒の指輪でないなら平気でしょう。あなたはヴィンスと手を組み、確かに兄上を救った。しかし一方で彼は『明けの明星からこぼれ落ちた奇跡』を奏歌と一緒に探そうと嘘をつき、典医まで抱き込んで渡したのは毒物だった。いくつもの嘘で塗り固めたあなた方からゆっくり話を聞けば、お粗末な展開にしかならない気がします」

深く踏み込んだキールに、あたりがざわめく。

イニシュ国王は愕然《がくぜん》とし、アディもニイナも放心している。セラフィ王妃の顔はいまや紙のように真っ白だ。

ふるふると頭を横に振り、王妃が後じさる。とっさにうしろに隠そうとした華奢《きゃしゃ》な手をキールが素早く摑み上げた。

「私の手を握れ。私に毒を注げ」

「おやめください、キール様！」

「やめるんだキール！」

悲鳴が上がる中で、キールが力いっぱいセラフィ王妃の手を握り締めた。

あまりのことに瞼を閉じることもできなかった。これで終わりだ。キールは命を賭してセラフィ王妃の罪を暴いたのだ。

「解毒薬をもう一度キール様に！　早く！」

声の限り叫んだ奏歌に、だがキールは不敵に笑う。

「案ずるな奏歌。先ほどおまえに飲ませた解毒薬は、耐性を作る。王妃の秘薬はもう効かない。誰にもな」

キールがすうっと息を吸い込む。そして、広間中に響く艶やかな声を張り上げた。

「衛兵、この者を捕らえよ！　国家反逆罪だ！」

控えていた衛兵たちが慌てて王妃を取り囲み、退路を防ぐ。歯ぎしりする王妃は鬼の形相だ。

「陛下。ご決断を」

「キール……。そうか……そうだな、私が…決めねばならぬことだ」

苦しげに眉根を寄せたイニシュ国王はしばし口を閉ざしていたが、やがて重々しい声色でセラフィ王妃を北の塔に連れていくことを衛兵に命じた。途端にセラフィ王妃が憎々しげに顔を歪め、

「呪われるがいいわ」と吐き捨てる。

「わたくしを見限って――あの女に……キールを産んだ憎い女にこころを移した陛下も、その息

子のおまえも闇に墜ちるがいい。わたくしに不可能でも、きっと、かならずヴィンスがおまえたちを贖《あがな》わせるわ。皆、呪われるがいい！」

金切り声に急いであたりを見回したが、ヴィンスはどこにもいない。騒ぎに気づいていち早く姿を消したのだ。

国王もキールもつかの間動揺していたが、いまは王妃の処遇が先だ。

「セラフィがキールを疎んじていたことにはそれとなく気づいていたが、まさか暗殺を計画していたとは——罪は重いぞ」

突然のことに広間は静まり返っていた。

まさか、王妃が愛人の子とはいえ王子であるキール殺害を企てていたとは誰も考えつかなかったのだ。皆、国王の顔色を窺っていた。このあとに訪れる嵐を恐れるように。

「お父様……」

可愛らしい声とともにイニシュ国王の腕に触れるニイナに、広間中の視線が集まる。

実の母が捕らえられ、ニイナも胸を痛めているだろうに、気丈に振る舞っている。

「おつらいでしょうけど……皆の前ですわ。どうかお気をしっかり持って」

「……おまえたちがいちばんつらいだろうに……」

そっと愛娘の頭を引き寄せたイニシュ国王はうなだれていたが、次に顔を上げたときは、一国の主君らしい威厳に満ちていた。

「皆の者、騒がせたな。今宵のことを忘れてくれと言うのは無理がある。しかし、私を信じてくれ。……アディ、ニイナ、そしてキールにはなんの咎もない。王妃の罪は私の罪だ。潔く裁かれよう。

しかし、いまは宴のさなか。どうかいまだけはすべてを忘れて踊ってくれ。この国を想うなら」

しんとしていた広間に、美しく透きとおった弦が響きだす。

伸びやかな音に誘われて、広間に集う者たちがゆるやかにステップを刻み始めた。誰ひとり、帰ろうとしない。

目の前にキールが立ち、深く頭を下げながらうやうやしく手を差し出してくる。

「踊りましょう、いとしいひと。——と言いたいところだが、いまはふたりで壁の花になろうか。そろって死の淵から舞い戻ったばかりだからな」

「……ええ、キール様」

奏歌も微笑み、広間を見回した。

追い求めたしあわせが、そこにあった。

アディとニイナがイニシュ国王に寄り添い、皆を見守っていた。

すべては泡沫《うたかた》の夢。

夜明けが訪れる頃、東の空に明けの明星が昇り、宴に終わりを告げる。

それでも、誰もきっと帰らないだろう。

14

「どうだ、奏歌。すこしは落ち着いたか?」

「キール様こそ、大丈夫ですか」

「案じるな。私は頑丈にできている」

「無理しないでくださいね」

ちいさく笑うとキールも微笑み、寝台の縁に腰を下ろす。

あれから一週間が過ぎた。

波乱含みの宴はイニシュ国王が最後まで見守ったことで、無事に幕を下ろした。

セラフィ王妃が捕らえられたあと、イニシュ国王にいざなわれて、奏歌たちは別室へと移った。

すべてを目にしていたいちばん年下のニイナが落ち着いていることに胸が痛んだが、『これでも姫ですのよ』と彼女は微笑んだ。

『ニイナ、大丈夫か』

『大丈夫、とは言いきれません。でも、お母様が大変な罪を犯したことは揺るぎない事実です。時間をかけて理解しますわ。お母様もきっとおつらかったんでしょうね……。だからといってお兄様たちを危ない目に遭わせたことはやっぱり許せなくて……複雑です』

『おまえの気持ちは痛いほどにわかるよ、ニイナ。私もキールも、父上も、そしてナサもみんなおまえのそばについている』

『ええ、アディ兄様』

泣き笑いの顔で頷いたニイナの肩をアディがそっと抱き寄せていた。

すべてに決着が着き、ようやく今夜、奏歌はキールの部屋に訪れることができたのだ。

夜会のあとからずっと誰かが付き添ってくれていただけに、ふたりきりの静けさはいささか落ち着かない。

「予言の間ってあんなに広かったんですね」

そわそわする奏歌に気づいているだろうが、キールは「ああ」と頷いて肩をぶつけてくる。

先ほど、――そういえば自分はどこからやってきたのだろうとあらためて気になり、キールに訊ねたところ、予言の間を案内してくれた。

がらんとした部屋の真ん中に、扉ほどある、金色の枠がついた大きな鏡が置かれていた。

『おまえはこの鏡の前で倒れていたんだ。鞄もそばにあった』

月の光が射し込む部屋は神秘的で、鏡をのぞき込むと、目には見えないまぼろしすら映り込みそうだった。

よく考えても不思議だ。鏡の向こうはどこに繋がっているのだろう。常識では計り知れない力によって、奏歌はこの世界に呼ばれた。

ここは、もうフィクションでもなんでもない。

キールたちが生きる、リアルな世界だ。そのことを裏づけるように、手のひらで触れた鏡は硬く、どこにも通じていないようだった。

『俺はここで生きていきます。キール様と一緒に』

『ああ、おまえと一緒に』

耳元で囁かれたことに身体を熱くしたのはつい先ほどのことだ。

いますぐにもキールに身体を預けたいが、懸念材料はもうひとつある。

ヴィンスのことだ。

あのあとも城中を捜索したが、占星術師は煙のように消えてしまった。セラフィ王妃の罪を考えたら、彼自身が負うべき罪はさらに重い。即刻、断頭台に送られても致し方ないと奏歌にも想像がつく。セラフィは牢に入れられて観念したのか、ぽつぽつと真実を打ち明けていると聞いた。

「ヴィンスはとても貧しい育ちだったようで、祖国を恨んでいたんです。流浪の民となった彼は自分を受け入れてくれる国ではなく、意のままに動かせる国を探して、アルストリア国に来ました。きっと、セラフィ妃が抱く不満もすぐに感じ取ったんでしょう」

「だから言葉巧みに取り入ったのか」

「そう思います」

「おまえはそれをどこで知ったんだ?」

当然聞かれるとわかっていた。この話題に触れずに終わるとは思えないし、下手にごまかしてもよくない。

ごくりと息を呑み、「あの」と声を上擦らせる。

「じつは……この世界は、俺にとって物語の中だったんです」

「どういうことだ」

不思議そうなキールにすべてを打ち明けた。愛読していた本の中に飛び込んだことを。

「話の途中で、キール様は毒を飲まされて命を落としてしまうんです。それが俺には悲しすぎて、つらすぎて、どうにかハッピーエンドにしたかった。まさか、こんなことになるとは思ってなかったけど」

「気に病むな。奏歌が私を救ってくれたんだ」

「誰かがあなたたちを創った、ということは気になりませんか？」

「ならない」

言いきるキールの強い笑みに見蕩れた。

「神が私たちを創ったんだ。そうだろう？　私もおまえも、神の手によって命を吹き込まれた。そして不可思議な奇跡に恵まれて、いまここにいる。そのことに感謝するよ」

「……キール様の言うとおりです」

ほんとうにそのとおりだ。

引き合う運命によって、いまここにいる。

運命、と考えたら急激に頭の中が熱くなった。

ずっと抑制剤でホルモンバランスが崩れるのを防いでいたが、自分にとってたったひとりの運命の相手であるキールの体温を感じたら、平常心ではいられない。

いつかの彼は言っていた。『このまま発情してくれないか』と。

あの言葉は、いままさにこのときのためにある。

じわじわと火照りだす指先でキールの手に触れ、顔を上げた。ひどく真剣な色を帯びた紫の瞳とぶつかり、一気に体温が上がる。

「奏歌がほしい。ずっと抑えてきた。――おまえとひとつになりたい」

「……っ……キール様……俺も、……あなたとひとつになりたい。ずっと、ずっとそう願ってた」

言うなりくちびるをきつく吸われて、くらりと目眩がする。

後頭部を両手で摑まれ、角度を変えて何度もくちびるを押しつけられた。ずいぶん前に一度肌を重ねたことがあったが、あのときより彼を近くに感じる。

こうなることを待ちわびていたせいだ。

ぬくりと舌が挿り込んでくる。疼く舌を甘く、きつく吸い上げられて、思わず彼の背中にしがみついた。

たっぷりとした唾液が伝わってくるのが心地好くて、うっとりしてしまう。口内をまさぐる舌先が淫らで、つい声を上げそうだ。

「……っ……」

「我慢するな。声を聞かせてくれ」

「でも……っ俺の声……はしたなく、て……」

「世界一私を誘うのに？」

くすりと笑うキールに喉元を指でくすぐられ、くぐもった声を漏らしたのをきっかけに止まらなくなる。

長く美しい指が器用に服をはだけていき、うっすらと汗ばむ肌に触れてきた。

「ん……」

首筋から鎖骨へ指がたどり、かりかりと引っかかれるとじっとしていられない。上半身を裸にされて組み敷かれた。

自分よりもひと回り逞しい身体は、日頃から鍛えている賜《たまもの》だろう。広い胸におずおずと指を這わせ、服を剝がしていく。

その間も指は淫らに這い、つんと尖る胸の肉芽を探り当てる。

「あ……！」

こりっと根元をねじられると身体が跳ねてしまうほど感じた。

「あ……あぁっ……そこ……っ」

「おまえのいいところで、私の好きなところだ」

「ん、ん」

「気持ちいいなら声を出せ」

誘う声に理性の回路が焼き切れた。

「……っ……いい……っねえ、キールさま……いい……」

ふっくらと勃ち上がる乳首を指の腹ですりすりと撫でられ、腰裏が熱くなる。次第にそこがせり出すような気がして羞恥を覚えていると、温かなくちびるで挟まれ、きゅっと嚙み締められる。

「ん——……！」

全身がわななくほどの快感に打ち震えた。

広い背中の真ん中に走る深い窪みを指で辿り、いま、自分が誰に抱かれているのかを再認識する。

ちゅくちゅくと音を立てて乳首を吸われ、ときどき強めに嚙まれるとたまらない。幾度も声を上げて身体をのけぞらせた。

「あ……ぁ……っキール……さま……」

右、左と乳首を舐られてぼうっとのぼせていく。

ずきずきするようなそこをこれ以上弄《いじ》られたらおかしくなってしまう。

「ああ、奏歌のここはいじらしくていやらしい。こんなにも淫らに尖って私を煽る。こっちはどうなってる？」

「んっ、んぁ、あっ……！」

下衣の前立てをくつろげて忍び込んでくる手がむくりと跳ねる塊を捕らえ、ねっとりと根元から扱き上げてくる。身体中にびりびりと稲妻のような快感が走り抜け、我慢できずに一気に昇り詰めた。

「あ……あ……っ……」

愛蜜がほとばしり、キールの手を濡らす。

「感じやすい奏歌が好きだ。もっとよくしてやる」

「っ、ぁっ、っ、ぁ――……！　あ……だめ、だめ……！」

手で弄られるだけではすまなかった。

大胆な舌がねっとりと肉茎に巻きついてきて、じゅっ、じゅっ、と吸い上げてくる。熱い口内で跳ねてしまうのはふしだらな気がするけれど、気持ちよくてやめてほしいなんて言えない。

高貴な王子に愛してもらっているのかと思うとつらいほどに恥ずかしくて胸が苦しいが、続けて二度、三度と舐め回され、腰骨が蕩けそうだ。

「く……！」

「何度でも感じてくれ」

じゅるりと舐め上げてくるキールが濡れた指を尻の狭間《はざま》に這わせ、狭い場所を探ってきた。

「いまからここに私が挿る。いいか？」

「ん、はい……」

窮屈に閉じる窄《すぼ》まりの縁をじっくりと探られ、喉をひくつかせた隙に、すうっと中に挿り込んできた。

めくるめく快感は経験したことがないほどに強く、このまま発情しそうだ。

「奏歌のここは狭いな……私を食い締めそうだ」

「あ……っ……」

発情したオメガが運命の番に抱かれたとき、その愛情をまっすぐ受け止められるよう、甘蜜を分泌する。キールの指を咥《くわ》え込んだそこはひくついて蕩け、急速に熱くなっていくのが自分でもわかる。

「だめ……っです、このまま発情、しちゃ……あ、あ、あなたに、迷惑が、かかる……」

「なにを言う。発情してほしいと言っただろう？　責任は取る。おまえがいやだと泣くまで、私のすべてをやる」

肉襞をやさしく擦られて呻くと、中をぐるりとかき回された。そのまま何度か指が出たり挿ったりし、身体の奥底の疼きに耐えきれなくなる頃、やっとキールが身体を起こし、裸を晒す。

彫刻のような見事な身体に声が出ない。こんなにも男らしく、気高いアルファは見たことがなかった。

両腿《りようもも》の内側を摑まれて左右に広げられる。その間に逞しい身体が割り込んできて、頬ずりされた。

「力を抜け」

「ん、……ん、あ……あ……！」

ぐうっと押し挿ってくる熱杭に声がほとばしる。

串刺しにされる圧迫感が凄まじくて息が止まりそうだ。中が勝手に震え、キールに絡みつく。それが彼にもわかるのだろう。眉根を寄せて快感に耐え、奏歌の髪を何度も撫でてくる。

「こら、そんなに締めつけたらおまえがつらい」

「や、っ、ん、んぅ、っ」

すこしの間キールはじっとしていたが、奏歌の息がいくらか落ち着いたところでゆったりと腰を遣いだす。ぐっぐっと抉り込んでくる熱い塊に夢中になって喘いだ。

思ってもみない愉悦が襲ってきて、声が止まらなかった。疼く肌がキールをほしがり、身体中で彼を食い締めてしまう。

「いい……っ……あ……ああ……キール、キール様……いい……っ」

恍惚《こうこつ》となりながら名前をひたすら呼んだ。キールも嬉しそうに微笑み、抱き締めてくる。

「そうだ、奏歌、私を呼んでくれ。……おまえの中がたまらなく熱い。孕ませてしまいそうだ。発情期のさなかにあるオメガの中で達したら子を授かると聞いたが、試してもいいか」

「んっ、あ、いい、いいっ、おねがい……」

ずくずくと穿たれ、もう止まらない。息を弾ませ、キールの引き締まった腰に両脚を絡めて、腿の内側ですりっと撫で上げた。

それが合図になったようだ。息を大きく吐いたキールが深く突き込んできて、寝台から振り落とされそうだ。

「あ、い、いいっ、ん、おく、奥っ、あたって……あっ……だめ、だめ……もう……っ」

「おまえもか？　一緒がいい」

「んんっ、ん、っ、キール様……あっ、あぁ……！」

身体を弓なりにしならせた瞬間、ずん、と貫かれてひと息に昇り詰めた。頭の中が熱く締めつけられて苦しいくらいなはずなのに、すこしも離れたくない。こんな達し方は知らない。じゅわじゅわと意識が煮詰まっていき、指先から蕩け出しそうだ。

「あ……――いく、いく……！」

「孕んでくれ」

掠れた吐息を漏らす奏歌の中に、キールがどくどくと撃ち込んでくる。激しい熱は、彼の情そのものだ。

媚肉の隅々まで濡らされる卑猥な感覚にくちびるを開いたり閉じたりして、最奥でキールを締め付けた。

「ん……」

情欲に潤んだ目でキールを見つめ、汗が滲む彼の背中に指を立てた。

「おまえに溺れて明日を忘れそうだな。……わかるか？」

「……ッ……キール様……」

深く埋めてくるキールが、ぐん、と跳ねる。頬を赤らめて彼を上目遣いで見ると、甘くちづけられた。

「もう一度、なんて言わない」

「え……？」

「何度でも奏歌がほしい。私の形を覚えきって、ぐずぐずになるまで」

「……キール様、もう……」

ふふ、と笑って顎を上げ、キールと鼻先を擦り合わせた。どんなに触れ合っても満足できないのは、彼も自分も同じだ。

「離さないでもらえますか？」

「永遠に」

そこから始まるいくつものくちづけが、ふたりの繋がりを確かなものにしていくのだ。

15

あたりは新鮮な春の匂いで満たされている。

胸いっぱいに吸い込むたび生まれ変わるようで、奏歌は微笑み、空を見上げた。

木々の枝葉が大きく張り出すこの森の奥深くにある湖には、以前一度来たことがある。

アルストリアの世界に迷い込んだ初めの頃、うっかりひとりで踏み込んで帰り道を見失ったのだ。そんな奏歌を見つけてくれたのがキールだ。

あのとき、彼の母について聞いた。キールにとってすっかり傷が癒えたかどうかはわからないが、これからは自分がそばにいる。

ずっと。命あるかぎり。

「奏歌様！」

晴れやかなニイナの声に返事をすると、繁みの向こうから姿を現した姫が跳ねるように近づいてきた。

彼女の背後ではアディとキールが可笑しそうにしている。

「見て、見て、奏歌様。木の実をたくさん採ってきましたわ。お城に持って帰って、ロイにスープにしてってお願いしなくちゃ」

う。

「これは見事です」

　籠いっぱいに入った艶々の木の実に目を瞠り、草地に敷いた鮮やかな敷き布にニイナをいざな
「ロイがこころを込めてつくったお弁当がありますよ」

「お腹ぺこぺこ」

「放っておいたらニイナはひとりでももっと森の奥へ行ってしまったぞ」

「ほんとうに。私とキールがついていないとまだまだ心配だな」

「もう、キール兄様もアディ兄様も。わたくし、一人前のレディです」

「レディのドレスが泥だらけだ」

　くっくっと笑うアディがニイナのドレスの裾をはたく。

　キールたちの未来を変えてから一年の月日が流れた。

　すべての罪を打ち明けたセラフィ王妃は、王都から遥かに離れた辺境へと移り住むことになった。死罪でもおかしくなかったが、一時は王妃だったことも鑑《かんが》みて、イニシュ国王が恩赦を言い渡したのだ。

　王妃と互いに利用し合ったヴィンスは、いまもって姿を消したままだ。頭がよく、冷酷な男は、傀儡《かいらい》にできそうな新しい国を探してさまよっているのだろう。

　そして、自分は。

「お弁当、食べましょう」

　ロイお手製のパンや焼いた肉、イッシのミルクを固めたチーズを革袋から取り出し、キールた

ちが持ってきてくれた皿に載せる。

「まずは冷たい飲み物をどうぞ」

「わあ、奏歌様の魔法の瓶！」

マグボトルに入れた冷たい水をカップに注いでニイナに渡すと、あっという間に飲み干す。

「アディ様も、キール様もどうぞ」

「ありがたくいただこう」

春にしてはまぶしい陽射しが降り注ぐ今日、妹姫の探検につき合ったきょうだいはよほど喉が渇いていたようで、美味しそうに喉を鳴らす。

「お外で飲む冷たい飲み物って美味しいわね、アディ兄様」

「おまえの言うとおりだな」

にこにこするニイナの頭を撫でるアディは床に伏していたのが嘘だったかのようだ。ここ半年で驚くほどに回復して体力をつけ、こうして城壁の外に出歩くこともできるようになった。

「私にも奏歌のような伴侶が見つかればいいのだが」

「兄上ならきっと近いうちに出会えますよ。もしかしたら、予言の間に現れるかもしれない」

「だったら、わたくしの未来のいとおしいひとも一緒に呼んでくださいな」

「ちゃっかりしてるな、ニイナは。それでこそ我が妹だ」

皆で笑い声を上げ、降り注ぐ木漏れ陽に目を細める。いつか、そう遠くない未来、アディはこの国の王となり、ニイナは一国の姫という枠を抜け出して旅に出る。ふたりとも、さまざまな日々を送る中で伴侶と出会い、しあわせを築いていくのだ。

胸に広がるのは、たとえようもない幸福だ。新しい世界で育んだ絆《きずな》を守っていく中で、ここにいるひとびととも愛を深めていく。

「俺たち……しあわせですね」

ふとこぼれた他愛ない本音に「あ」と顔を赤らめた。けれど、ニイナもアディも、そしてキールも笑顔で頷く。

「奏歌のおかげだ」

キールの言葉に、アディが「そう、すべては奏歌のおかげだ」と言い、ニイナも嬉しそうに「ね」と小首を傾げる。

「ところで、お腹が空きましたわ」

確かにそのとおりだ。

「食べましょう食べましょう」

「ロイの奴、張り切ったんだな」

「どれも美味しそうだ」

口々に言い、笑みを交わした。

頭上では美しい光が跳ね飛び、爽やかな風が吹き、小鳥は祝福の唄を歌う。

ここは、誰もが追い求めた楽園だ。

しあわせの続きは光の中で

「素敵な結婚式でしたね……」

うっとりとため息を漏らせば、隣に立つキールが微笑む。

「ああ、私がこれまで参列した中でいちばんきらびやかで、おしあわせそうだった。アディ兄上もミラ姫も、終始互いに見蕩《みと》れていたのが微笑ましかったな」

「ですね。アディ様がお元気になられてほんとうによかった」

奏歌《かなた》はしみじみと呟く。

キールの腹違いの兄、アディが隣国のミラ姫と婚礼の儀を挙げたのは、爽やかな初夏の休日だ。もっと詳しくいえば、「ワイフィード暦、サイラスの泉でフィルがさえずるとき」だそうだ。

四季を特別な言葉で表現するしきたりには、まだとまどう。この世界に馴染み、日々快適に暮らしているが、やはりときどき、わからないことに遭遇する。だが、それも楽しく思えるのは、隣に立つ王子のおかげだ。

まぶしいほどの純白の生地を贅沢に使った上衣と下衣は、隅々まで採寸したものだ。広い肩には重厚感のある金の肩章が光り、アルストリア国の王族であることを示す勲章がいくつも輝いている。

白いバルコニーに繋がる窓枠を軽く摑み、腰に佩いた大剣の鞘に軽く手を置くキールは、まさに絵画の中にあるような堂々とした王子だ。

アディの婚礼の儀を終えたあと、ふたりでキールの私室に戻ってきた。城も街も今日は喜びの声で沸いている。これから一週間、街は呑めや歌えの騒ぎだとキールに教えてもらった。

愛するひとに見蕩れていたことに気づいたのだろう。可笑しそうに顔をのぞき込んできたキールが、鼻の頭を指先でピンと弾いてくる。

「どうしたんだ。私がそんなにいい男か」

「もう、キール様ったら」

思わず笑いだしてしまった。

出会った頃は取っつきにくかったキールだが、日々行動をともにし寄り添うことで、いまでは彼のいちばん近いところにいると自負できる。

表情豊かになったキールは以前よりもずっと魅力的だ。彼の父で、アルストリア国の王でもあるイニシュやアディとともに国政に関わるときは至極真面目な顔を貫き、私的な時間になるとくつろいだ笑みを浮かべるようになったのがじんわりと嬉しい。

十時から始まったアディと姫の結婚式は外つ国の賓客を大勢招き、華やかな雰囲気の中、城下町へのパレードも行われた。

二頭立ての馬車にアディたちと王族が次々乗り込み、ゆったりと街へ下っていくと、笑顔を輝かせた民が腕に提《さ》げた籠から花を振りまき、道を飾ってくれた。奏歌もキールと一緒に馬車に乗り、はにかみながらめいっぱい手を振った。

「私たちもあんなふうだったな。二年前に式を挙げたとき、皆が大喜びしてくれた。……無愛想な私の結婚を、民たちはよく喜んでくれたといまでもありがたく思う」

奏歌がこの世界にやってきてから一年経った頃、キールにうやうやしく結婚を申し込まれた。アルファの彼と運命の番である奏歌は、その名のとおり、どんなことをしても離れられない。本能から彼を求め、全身全霊で愛してきた。そんな一途な想いを上回るキールは、奏歌に結婚を断られたら、傷心のあまり旅に出るつもりだと言っていたくらいだ。

ひとり旅になんか送り出すつもりのない奏歌は照れながら承諾し、式を挙げた。

あれからずいぶんと日が経ったのに、キールはなにも変わらず凜々《りり》しく、とびきり綺麗で、頼もしい。

——どこを見ても欠点がないよな。べた惚れってこういうことなのかも。

「キール様が素晴らしい方なのは、皆よく知ってますよ。言葉数がすくなくても誠実で、物事を真正面からきちんと捉えてくださる。危機が迫ったときは誰よりも早く察して、備える。それって、国を動かすひととしてはとても大事なことじゃないですか。アディ様とはまた違う魅力があなたには備わってます。俺だって、そんなところに惹かれたんだから」

「そうか。では、私の魅力をひとつ挙げてくれ」

ねだる声に、ちいさく笑った。以前はこんなに素直なキールではなかった。もっとかたくなで、目には見えない殻で覆っていた気がする。

「ひとつだけなんて、そんなわがまま言わないでください。数えきれないくらい、いっぱいありますよ。俺の好きなところをひとつに絞ってほしいって言ったら困るでしょう?」

「わかってる。でも、聞いてみたい。おまえが私のいちばん好きなところを」

「んー……」

顎に指を当て、しばし考え込んだ。

ひとつだけ、となると、逆にあれもこれもとなってくる。

決断が早いところも、それでいて思慮深いところも、剣の腕が立つところも、皆の信頼を勝ち得ているところも、家族を、民を愛しているところも全部好きだ。

その中でも、ひとつ。

ふわっと頬が熱くなった。

「なぜ顔を赤くしているのだ」

不思議そうなキールの声に、慌てて頭を横に振った。

――夜の営みがあまりにもやさしくて、情熱的なところも大好きだなんて言ったら引かれるよな。

あのとき、どんなふうにキールのくちびるが押し当てられるか、手足がどんなふうに絡みついてくるか、ちらっと思い出しただけでも身体の奥がずくんと疼く。

いけない、だめだ。まだ昼間なのに。

胸の裡のやましさを振り払うように顎を反らし、窓の外に広がる緑の庭園を見渡す。腕のいい庭師が毎日世話しているだけあって、どこもかしこも光を弾いてみずみずしい。

「……ええと」

キールの好きなところ、いちばん好きなところ。

考えれば考えるほど「全部」と言いたくなるが、そこはぐっと堪えた。キールが感情をあらわにしてくれるのは嬉しい。

そっと様子を窺うと、キールがひたむきな視線を向けている。一国の王子らしからぬ純粋さだ。冷然とした美貌を誇るキールでもそんな目をするのかと可笑しくなり、奏歌は肘で彼の腕をつついた。

「そういう顔をしてくれるようになったところが……いちばん好きです」

「そういう顔？」

「俺を信じてくれる顔」

囁くと、キールが顔をほころばせた。鋭さが際立つ彼の微笑みは、奏歌の胸をまっすぐ撃ち抜く。

「――最初から、あなたは俺を受け入れてくれましたよね。どこの者とも知れない俺にいろんなことを教えてくれて、この世界に馴染ませてくれました」

「いま思うと、私はそうやさしくなかった。疑わしそうな顔をしていただろう」

恥じ入るように呟くキールに、「そんなことないです」と首を横に振る。

「誰だって絶対にそうします。違う世界からやってきました、なんて言い張る者をなんの疑いもなく迎え入れることって難しいですよ。確かに俺は予言の間に現れましたけど、その瞬間を誰かに見られたわけじゃないし……ひとによっては、『城のどこかから忍び込んできて、予言の間にこっそり入ったんじゃないか』って言いだしてもおかしくなかった。……なんで俺がこうして無事でいられるか、あらためて考えると僥倖《ぎょうこう》でしたね」

「そうかもしれない。なんでもかんでも神を頼るのはよくないが、――やはり、どこかで神は見ていらっしゃる。そう強く思うことがある」

「はい」

キールに肩を抱かれ、並んで窓の外を眺めた。

祝いのあととあって、とても静かだ。キールの部屋はアディたちを祝う大広間から遠く離れており、ここまで歓声は届かない。

彼もそのことはわかっているのだろう。

「奏歌」

そっと身をかがめてきたキールにやさしく頬ずりされ、胸が甘酸っぱくなる。出会って三年も経つのに、触れられるたびにときめいてしまう。

夜明けの空よりも美しい紫の瞳がそこにあった。剣を構えるときはきりっと透きとおるキールの瞳は、奏歌とふたりきりのときだけ、夢見るようにけぶる。

「しあわせな雰囲気にあてられたようだ。おまえを抱きたい」

「……ッ」

率直な物言いに、覚悟を決めていても顔が急激に熱くなる。なにか言おうとしてもうまい言葉が見当たらず、キールの広い胸に飛び込んだ。ぎゅっと握った拳で胸を軽く叩けば、キールは笑うばかりだ。

「もう、いきなり……！」

「すまない。言葉が足りなかったみたいだな。――では、いま一度誘おう。奏歌、いまひととき、私と秘密の時間を過ごしてくれないか？」

「でも、まだ昼間ですよ。誰か訪ねてきたら……」

「誰も来ない。皆、兄上のパーティに走り回っている。おまえは？　奏歌はどうだ。私とふたりきりで、飢えたりしないのか？」

密やかな声はたちまち身体に火を点ける。この世界にも抑制剤の代わりになる薬草があった。鬱蒼《うっそう》とした森の奥、ひっそりとした場所に生えている草だけに、そう簡単に手には入らない。たまにキールと出かけて必要なぶんだけ取って帰り、典医に頼んで煎じてもらったものを飲むと、三か月ごとに訪れる発情期を抑えられるのだ。

だが、いまはその必要はない。

キールのために熱をほどいてもいいのだ。

「奏歌、いつか言おうと思っていた。兄上がしあわせになったら、私たちももう一歩未来のことを考えてもいいのではないかと」

「どんなことですか？　あなたが望むなら、なんでも」

「おまえと子作りがしたい」

「――え？」

言葉が宙に浮いた。どこか遠くへ出かけようとか、城の厨房を任されているロイに腕をふるってもらい、ふたりの大好きな料理をテーブルいっぱいに並べてもらおうとか、平凡なことを考えていた奏歌の頭の中で、子作り、という言葉が繰り返し浮かぶ。

「それって……あの、つまり……」

「おまえを抱いて、抱いて――抱き潰して、最後には」

ぐっと抱き寄せられ、するりと背中を撫でられた。骨っぽい大きな手がゆっくりと這い、腰のラインをなぞり始めると、ぞくぞくする。もうまともに立っていられず、キールの胸元を摑んで必死に見上げた。

「キール様……俺、俺……」

「私の声に弱いな、おまえは。軽く触れただけなのにもう発情したか。発情期《ヒート》のオメガは妊娠しやすいらしい。愛するおまえの中にたっぷり子種を注いだら、どんな顔を見せてくれるのだろうな？」

「や、だ……っだめです、こんな、ところで」

「では、続きはあちらでしよう」

くすくす笑うキールは奏歌の背に手をあてがい、膝裏にもう片方の手を差し込んだかと思ったらひと息に抱き上げ、悠々と歩きだす。

驚く暇もなく、落ちないようにとキールの首にしがみついた。普段、城の誰よりも——騎士団長よりも鍛え抜いているキールの逞しい身体を思うと、頭の芯が痺れてくる。

清潔な寝台にそっと横たえられ、互いにくちづけながら晴れの日の服を脱がし合った。いまこのときも、大広間はアディたちの未来を喜ぶひとびとで賑わっている。そして、自分たちは素肌で秘めやかに語り合う。その背徳感がたまらない。

「……抱いて、ください」

早くも身体の奥に熱い波が押し寄せ、声が掠れる。裸にしてもらった奏歌はキールに向かって両手を広げた。

「おまえの声に背ける者がいると思うか？　いたとしたらそいつはとんでもない痴れ者《しもの》だ」

「あっ……あぁ……っ……」

首筋を甘く吸われて身体の奥がきゅんと締まる。全身どこもかしこも触ってほしい。べたべたといやらしく撫で回して、捏ねてほしい。今日はどうかしているとおのれを戒めるものの、キールに抱かれれば抱かれるほど新しい情欲が生まれるのだ。羞恥に苛《さいな》まれながらそう伝えると、キールが納得したように頷く。

「私も同じだ。もう散々おまえを抱いたはずなのに、離れた途端ほしくて仕方ない。やはり、一度子作りをしないといけないな。子どもというのは、互いの想いが寄り添った愛の結晶だ」

「ん、ん、はい……っ」

ひと差し指が胸の尖りをまぁるくなぞる。だんだんとその円はちいさくなり、奏歌の息遣いが荒くなるのと同時に、ツンと尖った肉芽にたどりついた。根元から勃ち上がるそこを指の腹でくにゅりと潰されて転がされると、いやでも淫らな声が漏れ出てしまう。

甘い声をほとばしらせながら身体をくねらせ、胸に吸いつくキールの頭を夢中で掴んだ。髪の中に指を差し込んでくしゃくしゃとかき回すと、乳首を淫猥に舐っている彼が上目遣いに笑いかけてくる。その綺麗な口元からのぞく濡れた舌が肉芽の先端をべろっと大きく舐め上げたとき、勝手に身体が震えた。

「あ、あっ、キール……キール様……っ」

びくんとそこが跳ね、奥からどんどん熱があふれ出す。

「うん？　ああ……そうか。感じすぎて達したんだな」

「ぅ……っん……あ……あぁ……もう……やだ……そこ、そんなにいじったら……」

「弄ったら、どうなる？」

問われても、もう声にならない。全身で、ほしいと訴えた。数えきれないほど身体を重ねているが、今日ほどキールを求めたことはない。

「っ、はやく、ここ、来て」

ぶるぶると震えながら、両脚の奥にみずから指を差し挿れる。達したばかりで硬くしなった肉竿の先端からはとろとろと精液がしたたり落ち、つうっと狭間を濡らしていく。

秘められた場所に自分で触れるのが恥ずかしくてたまらない。だけど、性器からこぼれた蜜でくちゅりと濡れる窄まりはひくつき、キールをほしがっている。

「奏歌……」

「ここ、……キール様の、もので……」

言葉の先が消えてしまう奏歌に微笑んだキールが、奏歌の手に自分の手を重ねてきた。ふたりの指がゆっくりと窄まりを押し広げていく。

「あ、ぅ、っ、ぅっ、ん――は……ぁ、あ……」

「おまえのここはいつも悩ましい。ひくひくして私を誘う。……濡れてきた」

「っ、は、……い」

オメガは運命の番に深く愛されると、男でも蜜を分泌する。くちゅくちゅと卑猥な音を立てながらほころんでいくそこに、キールの指だけではなく、自分の指までもが挿っているのだと思うと、顔から火が出そうだ。だけど、無意識に指を動かしてしまう。熱い肉襞がねっとりと指に絡みつくのを感じると、無性に腰を揺らしたくなる。

「だめ、だめです、キール様……！」

「私もおかしくなりそうだ」

くちびるをぶつけてくるキールが指を抜くと、襞が奥のほうからすうっと閉じて、物欲しげに震える。じゅるっと舌を吸い合うことで熱い唾液が伝わってくる。喉を鳴らして飲み干せば、キールがやさしく髪を撫でてきた。

——早く、早くしたい。キール様でいっぱいにしてほしい。

覆い被さってくるキールがやわらかな蜜孔に雄を押し当ててきた。そのままぐうっと突き込まれ、あまりの逞しさに背中が弓なりに反り返る。

「あ——……っ……おっき、い……！　あ、っ、あ……！」

「つらく、ないか」

呟きながら奏歌の頭を抱え込み、ずくずくと挿ってくる硬くて長いキール自身に肉襞が卑猥に絡みつき、奥へ奥へと誘い込んでしまう。

「……っだいじょう、ぶ……ですっ……あぁ……っ……いい……きもちいい……」

引き締まったキールの腰に両脚を深く絡みつければ、中で感じる男根の太さがより際立つ。

彼に触れている皮膚のすべてがざわめき、甘く疼く。過ぎた快感のせいか、それともありある幸福感のせいか、自然と涙がじわりと滲んだ。

ずちゅずちゅと媚肉を抉って激しく出し挿れするキールの息遣いも荒い。彼もこの欲情にのめり込んでいるのだ。はち切れんばかりに育っていた奏歌の肉竿に指を絡め、突き上げるのと同じリズムで扱き上げてきた。

「あ、ッあっ、や、それ、あうっ、あぁ……！　だめ、もう、っねえ、おねがい、もう……っ」

「一緒にがいい」

「ん、ン、あっ」

彼に強く抱き締められながらこくこく頷く。身体の隅々まで重ね合わせて大きく揺さぶられた。深く、深く。最奥を抉ってくるキールの熱杭の存在感に声を嗄らし、うっすらと汗で湿るその広い背中に爪を立てた。ぎりぎりと引っかいているのに、痛い、とも言わず、キールは軽く笑み、突き込んでくる。

いつもなら届かない場所をぐりっとこじ開けられて、秘めた場所に大きな亀頭をぐっぐっと擦り付けられる心地好さに口を閉じることができない奏歌の中で、熱がぶわりと湧き上がる。震える肉襞がキールを搦《から》め捕《と》って妖しく蠢《うごめ》き、ふたりを絶頂へと導く。

「あ、っ、あぁ、っもう、イく、イくッ…………だめ…………あぁぁぁぁっ…………！」

ぐん、と身体をのけぞらせるのと同時に、無防備になった首筋にキールがきつく吸いついてきたのが引き金になった。肉竿の先端が揺れ、最奥に溜まった白濁がびゅくっ、と一滴飛び出す。その熱さに涙で潤む目を瞠ったが、もう止められなかった。びゅくびゅくと愛蜜が勢いよくほとばしり、飢えた身体の正直な応え方に身悶えたけれど、のしかかってくるキールには勝てない。

最奥にどっと放ってくる彼がくちびるを貪ってきて、息が切れる。

ふたりの身体の深いところで熱がとろとろとしたたり落ち、ぬかるんだ場所を生み出す。そこをかき回すようにキールの硬い先端が容赦なく突いてきた。

「うんっ、ぁ、っ、あぁっ、もう、もう、っ、イってる、イってる、から……っ」

「これが気持ちいいだろう？」

「ん……っ」

キールの言うとおりだ。達した直後の敏感な身体で受け止める快感は凄まじく、頭の中が真っ白になってしまう。

奏歌のほうからもキールのくちびるを吸い取り、視線を合わせながら軽く舌を絡め合った。ジンジンとした甘い疼きの中で快楽の火がいくつも弾ける。

くたんと力が抜ける奏歌を抱き締めるようにキールが覆い被さってきて、長い指先で額にかかる髪をかき上げてくれた。

「——こんなにもいとしく思える者には出会ったことがない。おまえは確かに私の運命だ」

間近で囁いてくる誠実な声に、奏歌も頷いた。

「あなたが、この世界で見つけた俺のたったひとつの運命です。その綺麗な瞳の色が俺にも映り込んでしまえばいいのに」

「私には、ずっと前からおまえしか映ってない」

こころが跳ねるほどの言葉に微笑み、思いきって両腕を彼の首に巻きつけた。強く腰を押しつけると、最奥でむくりと雄が硬さを取り戻す。そのことに気づいてじわりと頬を熱くすると、キールも仕方なさそうに笑う。

「だめだな、私は。奏歌のことになるとまったく制御ができない。——もう一度抱きたい。私たちの奇跡を確かなものにするために」

「俺も、あなたがほしい。何度でも……おかしくなってもいいから、して」

精一杯の誘惑に、キールが嬉しそうに目を細める。

それから、紫の瞳がゆっくりと近づいてきた。

「おまえしか考えられない私を許してくれ」

「……俺もですよ。俺にはあなただけ」

鼻先を擦り合わせる一瞬がことのほかしあわせだと感じる想いが豊かな未来を引き寄せるのだと、いまの奏歌はもう知っている。


「リル、ほらリル、こっちこっち」

「あ、うー」

身体を揺らしてよちよちと歩いてくる愛し子に向かって手を叩き、奏歌は数歩先を歩く。

リル、と名付けた我が愛息は先月一歳になったばかりで、国中が喜びの声であふれた。庭園の花々が美しく咲き誇る四月、奏歌とキールはわくわくした顔で歩く子をやさしく見守りながら、春の風を楽しんでいた。

「ここに俺が来て三年、もう四年？　あっという間ですね」

花の香りが混ざる風に髪を揺らす奏歌に、隣を歩くキールが頷く。

「ときどき思う。おまえがもしも私たちの世界に来てくれなかったら、いま頃どうなっていただろうと。こんなに穏やかな風景を楽しむこともなかったかもしれないな」

「うん……」

偶然か、運命か。

奏歌はなにかに導かれて、キールが生きるアルストリア国にやってきた。

一見平和なこの国だが、振り返れば、震えるような恐ろしさを秘めた陰謀が渦巻いていた。その秘密を暴き、謀反《むほん》の張本人を突き止めたのはほかでもない、キールと奏歌だ。

毒を盛られあやうく命を失いそうになったことを思い出し、一度瞼を閉じ、再び開く。目の前を歩いてくるリルと、それを温かく見つめるキールにほっと息を漏らす。

物語の中にしか出てこない謀に巻き込まれたことは忘れないが、いまは、リルがすくすくと育つ日々が慌ただしくて楽しいと素直に思う。

すこし危なっかしい足取りのリルに、キールがいまにも手を差し伸べようとうずうずしているのが伝わってくる。

「リル、おいで。父上が抱っこしてあげよう」

「んー！」

弾んだ声のリルが両手を広げ、懸命にキールに向かっていく光景に夢中になっているところへ、「奏歌！」と明るい声が聞こえてきた。

振り向けば、アディとその奥方ミラ、そしてニイナが笑顔で手を振っている。

アディの妻ミラは、第一子を宿していた。まもなく生まれるだろうということで、皆、いまかいまかとこころ待ちにしている。

「キール兄様、奏歌様、リルは？」

「ここに」

キールに抱き上げられたリルが花のように顔をほころばせると、黄色のドレスに身を包んだニイナが笑み崩れる。

「リル、なんて可愛い子。あなたはアルストリア国が誇る宝石ね。キール兄様、リルを抱っこさせて」

「かなり重くなったからな。気をつけて」

キールからそっとリルを受け取ったニイナはなんとも嬉しそうに、腕の中の天使の額を指先でやさしく撫でる。

「わたくしもいつかこんな子と巡り会えるかしら、アディ兄様、キール兄様」

「おまえならかならず。私たちが驚くほどに素敵な方を見つけて、美しく健やかな子を手にするよ」

「その子が毎日ドレスを破いても、可愛さのあまりきっと誰も文句を言わないだろうな」

アディとキールが口々に言えば、ミラもニイナも声を上げて笑う。

「兄様たちったら、もう。わたくし、いまはもうすっかり大人ですのよ。来年の夏にはこの国を出て、広い世界を見て回るんですから」

元気なニイナはたびたび外の世界を見たいと口にし、特訓に特訓を重ねて剣の腕を上げ、猛勉強の末に外つ国の言葉をいくつも学んだ。その好奇心に、父であるイニシュ国王もついに折れたのだ。

『姫をひとりで国外に行かせるとは』と渋っていたが、騎士と剣を交えても遜色《そんしょく》ないニイナの成長ぶりに最後は納得し、旅立つことを許した。

「でも、すこし寂しいわ。国を離れたら、リルとも、アディ兄様たちの子とも離れてしまうんですものね。すこしずつ成長していく毎日をこの目で見られないと思うと、ずっとここにいてもいいかなと思ってしまいますのよ」

「おまえは我が国、私たちの希望だ、ニイナ。さまざまなことに理解が得られるようになったいまでも、まだ女性がひとりで遠い国へ旅立つことなど考えられないと言うひともいる。その幻想をおまえが打ち砕くんだ」

アディの励ます声に、うつむいていたニイナがこくりと頷く。姫の輝く髪がふわふわと揺れるのを、奏歌は黙って見つめていた。出会った頃、自分はまだなにも知らなかったし、姫も幼かった。けれど、時は過ぎ、皆を思ってもみなかった素晴らしい場所に連れてきてくれたようだ。

同じことを考えているらしいキールが奏歌と肩を並べ、ニイナの頭をふわりと撫でる。

「ニイナはなにも心配するな。私も兄上も、そして奏歌も、おまえには自由に生きてほしいと願っている。存分に旅をして、その先で運命の恋を見つけたら、そこで根を下ろすのもいい。ここに帰ってきたかったら、いつでも帰ってこい。アルストリア国と私たちが待つここが、おまえの故郷だ」

「やだ……兄様たちったら。いまから泣けちゃいます」

明るく笑うニイナだが、目の端を薄く滲ませていた。

「わたくしの旅立ちはまだ先ですわ。それまで、たくさんリルと遊んでおかなきゃ。ねえ、リル？」

陽に透ける絹糸のように美しいリルの髪を指で梳《す》き、ニイナがにこっと笑う。

「アディ様とミラ様の御子が生まれたら、皆でどこかに出かけたいですね」

奏歌の提案に、「素敵！」と真っ先に声を上げたニイナに、アディもミラも、キールもいっせいに頷く。

「冬は寒いだろうから……そうだな、来年のいま頃はどうだ？　遠くなくてもいい。隣国には顔が映るほどに澄んだ湖があるそうだ。幼い子を連れた家族もよく遊びに行くと聞いている。そこに画家も連れていって、私たちを描いてもらうのはどうだろう」

「いいですね、記念になります」

キールの言葉に奏歌も乗り、さまざまなアイデアを出し合うことに一瞬気を取られていると、「あ、っ、あっ」と可愛い声が交ざり込んでくる。

大人たちの会話に参加したがるリルに、皆が口元をゆるめた。

「そうだな、リル。私たちはいつでもおまえとともにある。ともに過ごし、ともに慈しみ、分け与える日々を過ごす中でリルもいつか――いつか大切なひとに出会う」

嚙み締めるように呟くキールの横顔は父親らしく温かで、慈愛に満ちていた。

――やっぱり、このひとでよかった。運命は俺を正しいところに導いてくれたんだ。

言葉にはできないほどの安堵感がこみ上げてきて、じわりと胸が熱い。

「むー」

ぱたぱたと手を振るリルに、「あら」とニイナが可笑しそうに声を上げた。

「リルは難しい話より、お腹が空いたって言ってるみたいですわ」

「んむ」

「当たりですわね、王子？」

息ぴったりなニイナとリルに、奏歌たちは腹が痛くなるほどに笑い合った。ふたりのやり取りはいつも見事なものだ。

「そうか。そのとおりだ」

「確かに腹が減ったな」

「いつだって俺たちはお腹が空いたら我慢できませんよね」

「そうそう」

あたりは笑い声に満ちて、純粋な幸福に包まれていく。

奏歌の隣にキールがいて、向かいにはアディに寄り添うミラがいて、真ん中では、まばゆい光に向かってニイナに抱き上げられるリルがいた。

手の届く場所に、光はある。

天から使わされた幼子はそう教えてくれるように、可愛い声を弾けさせた。

こんにちは、またははじめまして、秀香穂里《しゅうかおり》です。今回は小説の中にトリップする異世界ものです。美形アルファ王子とブラック企業勤めのオメガの恋物語、すこしでも楽しんでいただければ幸いです。

美しく凛々しいイラストで飾ってくださった、森永《もりなが》あぐり先生。以前からひそかなファンだったので、今回ご一緒できて光栄です……！　想像を超えた麗しいラフを見せていただいた瞬間からときめき、カラーイラストに至っては「早く本の形にならないかな……」とわくわくしたほどです。紙で、電子で、森永先生が彩ってくださったこの本を目にするのがいまから楽しみでなりません。お忙しいところご尽力くださいまして、ほんとうにありがとうございました。

担当様、いろいろとお手数をおかけしましたが、とても楽しかったです。ありがとうございます。

最後に、この本を手に取ってくださった方へ。この本のページを開くことで、キールと奏歌《かなた》の世界にぜひぜひ飛んでくださいね。よろしければ、編集部宛にご感想をお聞かせくださいませ。

また次の本で元気ににお会いできますように。

CROSS NOVELSをお買い上げいただき
ありがとうございます。
この本を読んだご意見・ご感想をお寄せください。

〒110-8625
東京都台東区東上野2-8-7　笠倉出版社
CROSS NOVELS 編集部
「秀 香穂里先生」係／「森永あぐり先生」係

CROSS NOVELS

本好きオメガの転生婚
～運命のつがいは推しの王子さまでした～

著者
秀 香穂里

2024年1月23日　初版発行　検印廃止

発行者　笠倉伸夫
発行所　株式会社 笠倉出版社
〒110-8625　東京都台東区東上野2-8-7　笠倉ビル
[営業]TEL　0120-984-164
FAX　03-4355-1109
[編集]TEL　03-4355-1103
FAX　03-5846-3493
https://www.kasakura.co.jp/
振替口座　00130-9-75686
印刷　株式会社 光邦
装丁　Asanomi Graphic
ISBN 978-4-7730-6392-9
Printed in Japan